지금 이 순간 가장 눈부시게 빛나는
너에게 들려주고 싶은 응원의 시 110

딸아,
외로울 때는
시를 읽으렴

신현림 엮음

걷는나무
walking tree

딸아, 외로울 때는 시를 읽으렴

딸아, 엄마와 함께 갔던 먼 도시의 밤을 기억하니? 불빛 따스한 탑에서 아래를 내려다보던 너와 나는 감탄을 하며 서성였지. 밤하늘에 은빛 달이 떠 있고, 그 달 아래 무심히 스쳐가는 음악과 달빛이 생의 흥분과 감동을 일으켰어. 이곳 세상이 아닌 듯이 아름다워 황홀했지. 두 시간 줄을 서서 온 보람을 느끼고 기뻐했잖니. 네 말대로 올라오길 잘했다고 생각했어. 너는 뭐든지 직접 가보고, 만져보고, 느껴보고 싶어 하지. 그 모습은 언제나 미덥고 든든했단다. 너의 세계는 내가 아는 것보다 훨씬 크고 강인한 걸 알았어. 그날 밤 먼저 잠든 너의 고운 얼굴을 보며 다짐했단다. 네게 막힘없이 흐르는 자유롭고 다양한 세상을 보여주겠다고. 너의 든든한 울타리가 되어주고 너의 꿈을 이룰 수 있도록 최대한 돕겠다고 말이야.

그러나 나는 때로 단단히 쌓아올린 너의 세계가 흔들리

고, 부딪히고, 무너져버릴까 봐 두려울 때가 있어. 어디선가, 누군가에게 상처를 받고, 야단을 맞아 주눅드는 일이 생기겠지. 그럴 때 나 역시 너와 함께 마음이 아프고, 뜻대로 풀리지 않는 일로 네가 슬퍼하고 실망할까 봐 걱정한단다. 때로 이유 없이 슬프고 눈물 나는 순간들도 있을 거야. 그럴 때면 탑을 오르던 네 모습을 떠올려보렴. 그저 기쁨과 호기심으로 반짝이던 네 눈동자가 그 어떤 별빛보다 아름다웠음을 기억하렴.

그리고 네 손을 잡고 서 있던 내 마음도 함께 기억해주겠니. 언제나 네 뒤에서 조용히 너를 응원하는 나와, 너를 사랑하는 이들이 있음을 말이다. 네가 마음 아파할 때 함께 울고, 기뻐할 때 늘 함께 기뻐한다는 것을 기억해주렴. 어느 날 네 곁에 있지 못해도 늘 너와 함께하며 늘 손을 꼭 붙들고 있는 엄마를 느꼈으면 한다. 내가 네 곁을 잠시 떨어진 순간이라도 이 책의 시어들이 너에게 따스함을 전하고 영혼의 등불이 되어줄 거야. 꼭 그러리라 믿는단다.

엄마도 사는 게 외롭고 힘들 때가 많아. 그런 날이면 아래 인디언의 시를 꺼내 읽어. 이 쓸쓸함이 눈 녹듯 사라지기를, 내일은 조금 더 강해지기를, 어서 빨리 마음의 평화가 찾아오기를 기도하며 일종의 의식처럼 한 자 한 자 마음에 새기는 거야. 그 시를 네게 꼭 읽어주고 싶구나.

바람 속에 당신의 목소리가 있고
당신의 숨결이 세상 만물에게 생명을 줍니다.
나는 당신의 많은 자식들 가운데 작고 힘없는 아이입니다.
내게 당신의 힘과 지혜를 주소서.
나로 하여금 아름다움 안에서 걷게 하시고
내 두 눈이 오래도록 석양을 바라볼 수 있게 하소서.
당신이 만든 물건들을 내 손이 존중하게 하시고
당신의 목소리를 들을 수 있도록 내 귀를 예민하게 하소서.
당신이 내 부족 사람에게 가르쳐준 것들을 나 또한 알게
하시고
당신이 모든 나뭇잎, 모든 돌 틈에 감춰둔 교훈들을 나 또한
배우게 하소서.
내 형제들보다 더 위대해지기 위해서가 아니라
가장 큰 적인 나 자신과 싸울 수 있도록 내게 힘을 주소서.
나로 하여금 깨끗한 손, 똑바른 눈으로 언제라도 당신에게 갈
수 있도록 준비시켜주소서.
그래서 저 노을이 지듯이 내 목숨이 사라질 때
내 혼이 부끄럼 없이 당신에게 갈 수 있게 하소서.

내 혼이 부끄럼 없이 살기를 빌듯 네 영혼 또한 부끄럼이
없이 살기를 빌고 있어. 매일 석양을 바라보며 감사하고, 사
람들을 더 많이 사랑하고, 더 꾸준히 공부하고 일하게 해달
라 빈단다. 시를 사랑하는 사람들은 늙어도 늙지 않으며, 절

망스러울 때도 절망하지 않는단다. 시는 넘어져도 아파도 씩씩하게 훌훌 털고 일어나는 힘을 줄 테니까. 시에서 얻은 힘으로 너의 사랑은 더 용감해지고, 인생은 깊고 풍요로워 질 거야.

너는 인생에서 가장 아름다운 시절을 보내고 있어. 아름다운 만큼 가장 힘들고 어려운 시절을 보낸다고 생각해. 가장 힘들고, 아무 것도 없을 때 가장 많은 것을 이룬다는 사실을 명심하렴. 그리고 시를 읽으면서 잠시 바쁜 걸음을 내려놓고 주위를 둘러보렴. 그리고 세상의 좋은 시어들을 다 가져와도 모자랄 만큼 너는 귀하고 소중하다는 사실을 잊지 말아다오.

당신은 이미 중요한 사람이다.
당신은 당신이다.
당신 본연의 모습으로 존재할 때
비로소 당신은 행복해질 수 있다.
당신 본연의 모습에 평안을 느끼지 못하면
절대 진정한 만족을 얻지 못한다.
자부심이란 다른 누구도 아닌
오직 당신만이 당신 자신에게 줄 수 있는 것.
자기 자신을 사랑한다는 것은 중요한 일이다.
다른 사람들이 뭐라 하든,
어떻게 생각하든 개의치 말고

어머니가 당신을 사랑하는 것보다

더 당신 자신을 사랑해야 한다.

삶을 언제나 당신 자신과 연애하듯 살라.

— 어니 J. 젤린스키 「나를 사랑하라」

얼마나 멋진 일이니. 나 자신과 연애하듯, 꿈꾸듯 살아간
다는 것 말이야. 시에서 말한 것처럼, 내가 너를 사랑하는 것
보다 더 너 스스로를 아끼고 사랑했으면 해. 어떤 절망이나
어둠도 너를 무너뜨리지 못하게 말이야.

"시는 어느 시대 어느 장소에서나 정신의 양식이면서 동
시에 구원의 등불이었다"는 시인 네루다의 말을 절감한다.
앞날이 캄캄할 정도로 슬프고 괴로울 때마다 한 편의 좋은
시는 내 어두운 인생길을 따뜻하게 비춰준 등불이었어. 너
에게 편지를 쓰는 마음으로 하나씩 고른 이 시들이, 고단한
너의 오르막길에 작은 위로가 될 수 있다면 더 바랄 것이 없
을 거야.

딸아, 사랑한다.
네가 없는 세상은 상상할 수 없어. 내 인생에서 가장 잘한
일이 바로 너의 엄마가 된 거란다. 모자라고 나에 파묻혀 살
던 나를 너는 울리고 웃기며 어느덧 이렇게 성장하게 해주
었어. 너를 만난 후 내 인생은 비로소 인생다워졌어, 충만하

고 아름다운 하루하루를 선물해준 너. 내 딸로 태어나줘서
고마워. 나를 보며 웃어주고, 가끔씩 던져주는 잔소리까지
고맙구나. 사랑하고, 또 사랑한다.

따스한 빛이 밀려드는 창가에서
서윤이 엄마 신현림

차
례

2부. 사랑
영원할 수 없기에 더 소중한 순간들

3부. 상처

강한 척 견디내기가 버거운 날에는

4부. 꿈
오늘보다 내일 더 빛날 너에게

5부. 청춘
후회 없이 눈부신 이 순간을 즐길 것

"나는 두 손으로 얼굴을 감싸고 있다.
아니다, 울고 있는 게 아니다.
나의 외로움을 따뜻하게 해주려고…"

「따뜻함을 위하여」 틱낫한

1부 : 외로움

세상에 홀로 남겨진 듯 쓸쓸할 때

따뜻함을 위하여

틱낫한

나는 두 손으로 얼굴을 감싸고 있다.

아니다, 울고 있는 게 아니다.

나의 외로움을 따뜻하게 해주려고,

지켜주는 두 손으로

길러주는 두 손으로

내 넋이 분노 때문에

나를 떠나지 못하게 막으려고,

두 손으로 얼굴을 감싸고 있는 것이다.

농담

이문재

문득 아름다운 것과 마주쳤을 때
지금 곁에 있으면 얼마나 좋을까 하고
떠오르는 얼굴이 있다면 그대는
사랑하고 있는 것이다

그윽한 풍경이나
제대로 맛을 낸 음식 앞에서
아무도 생각하지 않는 사람
그 사람은 정말 강하거나
아니면 진짜 외로운 사람이다

종소리를 더 멀리 내보내기 위하여
종은 더 아파야 한다

쓸쓸한 세상

도종환

이 세상이 쓸쓸하여 들판에 꽃이 핍니다
하늘도 허전하여 허공에 새들을 날립니다
이 세상이 쓸쓸하여 사랑하는 이의
이름을 유리창에 썼다간 지우고
허전하고 허전하여 뜰에 나와 노래를 부릅니다
산다는 게 생각할수록 슬픈 일이어서
파도는 그치지 않고 제 몸을 몰아다가 바위에 던지고
천 권의 책을 읽어도 쓸쓸한 일에서 벗어날 수 없어
깊은 밤 잠들지 못하고 글 한 줄을 씁니다
사람들도 쓸쓸하고 쓸쓸하여 사랑을 하고
이 세상 가득 그대를 향해 눈이 내립니다

탈

지셴

나는 살고 있다. 괴로운 일이다. 선악을 구별할 줄 알고 진실과 거짓을 판단할 수 있다는 게 괴롭다. 게다가 내 인격은 이중이다.

나는 탈을 써야만 거리를 나서고, 상점에서 쇼핑하고, 사무실에서 일을 보고, 잔칫집에서 신사 숙녀와 교제하는 데 예의 있게 움직이고 말함으로써 사람에게 좋은 인상을 줄 수 있다.

나는 어떤 경우, 어떤 사람과 만남에 있어 탈 쓰는 일을 잊지 않는다. 모든 환경에 적응하고 모든 사람들과 어울림으로써, 나더러 히스테릭하다는 평은 물론 정신병원에 수용당하는 일이 없다.

그러나 내가 평안히 내 거처로 돌아와 문을 잠그고 세상과 단절되어 아무도 나를 볼 수 없고 들을 수 없을 때, 나는 탈을 벗어 힘껏 내동댕이친다. 그때 비로소 나의 영혼은 반짝인다.

나는 고래고래 소릴 치거나 휴우 한숨을 쉰다. 나는 철없는 아이처럼 울다가 웃다가 변덕을 부리고, 아니면 아무 뜻도 없는 노래를 불러 겨우 나를 감동시킬 뿐이다.

삼십세

최승자

이렇게 살 수도 없고 이렇게 죽을 수도 없을 때
서른 살은 온다.
시큰거리는 치통 같은 흰 손수건을 내저으며
놀라 부릅뜬 흰자위로 애원하며.

내 꿈은 말이야, 위장에서 암 세포가 싹트고
장가가는 거야, 간장에서 독이 반짝 눈뜬다.
두 눈구멍에 죽음의 붉은 신호등이 켜지고
피는 젤리 손톱은 톱밥 머리칼은 철사
끝없는 광물질의 안개를 뚫고
몸뚱어리 없는 그림자가 나아가고
이제 새로 꿀 꿈이 없는 새들은
추억의 골고다로 날아가 뼈를 묻고
흰 손수건이 떨어뜨려지고
부릅뜬 흰자위가 감긴다.

오 행복행복행복한 항복
기쁘다 우리 철판깔았네

나의 삶

체 게바라

내 나이 열다섯 살 때,
나는
무엇을 위해 죽어야 할지 깊이 고민했다.
그 죽음조차도 기꺼이 받아들일
하나의 이상을 찾는다면,
기꺼이 목숨 바칠 것을 결심했다.

먼저 나는
가장 품위 있게 죽을 수 있는 방법부터 생각했다.
그렇지 않으면,
내 모두를 잃어버릴 것 같았기 때문이다.
문득, 잭 런던이 쓴 옛날이야기가 떠올랐다.
죽음에 임박한 주인공이 마음속으로
차가운 알래스카의 황야 같은 곳에서
혼자 나무에 기댄 채
외로이 죽어가기로 결심했다는 이야기였다.
그것이 내가 생각한 유일한 죽음의 모습이었다.

불망비

윤후명

잊지 말자, 잊지 말자, 잊지 말자,
잊지 말자고
마음에 새기다 못해
돌에 새긴다
돌은 마음보다 더 돌처럼 단단하다고
잊지 말자고
돌 속에 피어 나오는 돌이끼가 되도록
살아 있자고
잊지 말자, 잊지 말자, 잊지 말자
그래서 불망비不忘碑의 뜻이 된 돌이끼
돌이끼 들여다보다가
돌아오는 산길
홀로 돌아오다가
가만히 숨쉬며 귀 기울여보는 산길

집

이시카와 타쿠보쿠

오늘 아침도, 문득 눈 떴을 때
우리 집이라 부를 집이 갖고 싶어져
세수하는 동안에도 그 일만 괜스레 생각했지만
일터에서 하루 일을 마치고 돌아와
저녁 후 차 한 잔 마시며, 담배를 피우노라면
보랏빛 연기처럼 자욱한 그리움
하염없이 또 집 생각만 떠오른다.
하염없이 또 서글프게

장소는, 기찻길에서 멀지 않은
푸근한 고향 마을 변두리 한구석 골라본다.
서양풍의 산뜻한 목조건물 한 채
높지 않고 아무 장식 없어도,
넓은 계단이랑 발코니, 볕 잘 드는 서재……
그렇다, 느낌이 좋은 안락한 의자도.

이 몇 해 동안 몇 번이고 생각한 것은 집에 관한 것.
생각할 때마다 조금씩 바뀐 방 배치 등을

마음속에 그려보면서
새하얗게 바랜 전등갓에 시름없이 시선을 모으면
그 집에 사는 즐거움이 또렷이 보이는 듯,
우는 애 옆에 누워 젖 물리는 아내는 방 한구석 저쪽을 향해
있고,
그것이 행복하여 입가에 애달픈 미소마저 짓는다.

그리고, 그 마당은 넓게 하여 풀이 마음껏 자라게 해야지.
여름이라도 되면, 여름날 비, 저절로 자란 무성한 풀잎에
소리내며 세차게 흩뿌리는 상쾌한 기분.
또 그 한구석에 커다란 나무 한 그루 심고
하얗게 칠한 나무 벤치를 그 밑에 두어야지.
비가 내리지 않는 날은 그곳에 나가
연기 그윽한 향 좋은 이집트산 담배를 피우면서,
사오 일 간격으로 보내오는 마루젠 가게의 신간
한 페이지를 접어놓고,
밥 먹으라고 부를 때까지 꾸벅꾸벅 졸기도 할 테지.
또 모든 일 하나하나에 동그란 눈을 크게 뜨고 넋 잃고 듣는

동네 꼬마 애들을 모아 놓고는, 여러 가지 이야기를 들려줘
야겠지······.

하염없이 또 서글프게
어느 세월엔가, 젊은 날에 이르러
세월 사는 일에 지쳐만간다.
도시 거주자의 분주한 마음에 한 번 떠올라서든,
하염없이 또 서글프게,
못내 사무쳐 언제까지고 지워버리기 아까운 이 생각
그 많은 갖가지 못다한 바람과 함께
처음부터 덧없는 일임을 잘 알면서
여전히, 젊은 날 남 몰래 사랑을 속삭이던 그 시선으로
아내에게도 말 못하고, 하얗게 바랜 전등갓을 응시하며
나 홀로 살그머니, 또 열심히, 자꾸만 마음속에 되새겨본다.

이별에 부쳐

수팅

사람의 일생에는
수많은 정거장이 있어야 한다.
바라건대 그 모든 정거장마다
안개에 묻힌 등불 하나씩 있으면 좋겠다.

든든한 어깨로 울부짖는 바람을 막아줄 사람이
다시 없을지라도
꽁꽁 언 손을 감싸줄 하얀 머플러가
다시 없을지라도
등불이 오늘 밤처럼 밝았으면 좋겠다.

빙설로 모든 길이 막혀도
먼 곳을 향해 떠나는 사람은 반드시 있으리라.

수많은 낮과 밤을
붙잡든 놓쳐버리든
내게 조용한 새벽 하나를
남겨놓고 싶다.

구겨진 손수건을
축축한 벤치 위에 깔고
너는 파란 수첩을 펼친다.

망고 나무 아래 지난밤 빗소리가 남아 있다.
시 두 줄 달랑 적고 너는 떠나겠지.
그래도 나는 기억할 수 있어.
호숫가 작은 길에 쓰인
너의 발자국과 그림자를.

헤어짐과 다시 만남이 없다면
떨리는 가슴으로 기쁨과 슬픔을 끌어안을 수 없다면
영혼은 무슨 의미가 있을까.
인생은 또 어떤 이름일까.

엄마

재클린 우드슨

가끔씩, 오늘이나 어제 같은 날
아니면 내일이라도 — 잃어버린 모든 것이
내 안에서 뒤범벅이 된다.

인동운모 파우더라는 게 있다.
엄마에게 그런 냄새가 났다.
인동은 꽃이라고 엄마가 말했다.
내가 아는 건 엄마 냄새가 나는 그 파우더뿐.
가끔 그리워서 정말 가슴이 아파오면
백화점으로 달려간다. 경비원들은
내가 뭔가 훔칠까 봐 주위를 맴돈다.
화장품 코너 아가씨에게
그 파우더가 있는지 묻는다.
네, 라는 대답에 이렇게 말한다.
제가 찾는 게 맞는지 향기 좀 맡아도 될까요?
화장품 판매원은 눈동자를 굴리며 나를 보지만
허락해준다.
그러면 그 몇 초 동안

다시 엄마가 살아와.
엄마에 대한 아름다운 기억이 모두
떠올라.
바보 같은 내 농담에
웃음 터뜨리던 모습.
가끔 도망치기 전에 나를 붙들고
꼭 안아줄 때의 느낌.
또 샤워하면서 노래 부를 때 아름답고
터프한 엄마 목소리.
항상 나와 릴리에게 줄 오렌지 맛 사탕이
들어 있던 엄마의 빨간 주머니.

아닌데요. 난 화장품 코너 아가씨에게 말한다.
제가 찾는 게 아니에요.
하곤 재빨리 빠져나온다.
누군가 내 호주머니를 검사하기 전에.
아무것도 훔치지 않아 당연히 늘 비어 있던.

엄마는 그래도 되는 줄 알았습니다

심순덕

엄마는
그래도 되는 줄 알았습니다
하루 종일 밭에서 죽어라 힘들게 일해도

엄마는
그래도 되는 줄 알았습니다
찬밥 한 덩이로 대충 부뚜막에 앉아 점심을 때워도

엄마는
그래도 되는 줄 알았습니다
한겨울 냇물에 맨손으로 빨래를 방망이질해도

엄마는
그래도 되는 줄 알았습니다
배부르다 생각 없다 식구들 다 먹이고 굶어도

엄마는
그래도 되는 줄 알았습니다

발뒤꿈치 다 헤져 이불이 소리를 내도
엄마는
그래도 되는 줄 알았습니다
손톱이 깎을 수조차 없이 닳고 문드러져도

엄마는
그래도 되는 줄 알았습니다
아버지가 화내고 자식들이 속썩여도 전혀 끄떡없는

엄마는
그래도 되는 줄 알았습니다
외할머니 보고싶다
외할머니 보고싶다, 그것이 그냥 넋두리인 줄만―

한밤중 자다 깨어 방구석에서 한없이 소리 죽여 울던
엄마를 본 후론
아!
엄마는 그러면 안 되는 것이었습니다

섬

이성복

섬과 섬이 만나 자식을 낳았다 끝없이 너른 바다를 자식 섬
은 떠돌았다 어미 섬과 아비 섬을 원망하면서…… 떠돌며
만난 섬들은 제각기 쓸쓸했고 쓸쓸함의 정다움을 처음 알았
을 때 서둘러, 서둘러 자식 섬은 돌아왔다 어미 섬과 아비 섬
이 가라앉은 뒤였다

새 날

이병률

가끔은 생각이 나서
가끔 그 말이 듣고도 싶다

어려서 아프거나
어려서 담장 바깥의 일들로 데이기라도 한 날이면
들었던 말

자고 일어나면 괜찮아질 거야

어머니이거나 아버지이거나 누이들이기도 했다
누운 채로 생각이 스며 자꾸 허리가 휜다는 사실을 들킨 밤
에도
얼른 자, 얼른 자

그 바람에 더 잠 못 이루는 밤에도
좁은 별들이 내 눈을 덮으며 중얼거렸다
얼른 자, 얼른 자

그 밤, 가끔은 호수가 사라지기도 하였다
터져 펄럭이던 살들을 꿰맨 것인지
금이 갈 것처럼 팽팽한 하늘이기도 하였다

섬광이거나 무릇 근심이거나
떨어지면 받칠 접시를 옆에 두고
지금은 헛되이 눕기도 한다
새 한 마리처럼 새 한 마리처럼 이런 환청이 내려 앉기도 한다

자고 일어나면 개벽을 할 거야

개벽한다는 말이 혀처럼 귀를 핥으니
더 잠들 수 없는 밤
조금 울기 위해 잠시만 전깃불을 끄기도 한다

사랑을 잃었을 때

케스트너

서로 사귄 지 8년입니다.
어느 순간 누 사람 사이의 사랑이
어디론가 없어졌습니다.
마치 모자나 우산이 사라지듯이.

두 사람의 마음이 슬퍼졌습니다.
억지로 마주 웃어보고
거짓말을 했습니다.
스스럼없다는 듯이
키스하고 마주 보다가
그녀가 그만 울고 말았습니다.
그는 망연히 서 있었습니다.
창문 쪽을 두리번거리다가
그가 말했습니다.
4시 45분이 지났어.
어딘가로 커피 마시러 갈 시간이지—

작은 카페 안에

피아노 소리가 울렸습니다.

두 사람은 스푼으로
컵 속을 저었습니다.

어두워진 후까지
그렇게 앉아 있었습니다.
두 사람만……
말없이……
마주 앉았습니다…….

안녕

에두아르트 뫼리케

"안녕"—너는 이 말에
내 가슴이 씻어지는지 모른다.
너는 너무나 태연하게
내 앞에서 이 말을 내뱉는다.

"안녕"—내 마음은
수없이 되뇌었다.
그 고통스런 한마디에
내 가슴은 디질 듯하다.

당신을 사랑했습니다

알렉산데르 푸슈킨

당신을 사랑했습니다─그 사랑은

아직도 내 마음속에서 불타고 있습니다.

하지만 내 사랑으로 더 이상 당신을 괴롭히지 않을 겁니다.

슬퍼하는 당신의 모습을 보고 싶지 않으니까요.

말없이, 그리고 희망도 없이 당신을 사랑했습니다.

때론 두렵고, 때론 질투심에 괴로워하며

나는 당신을 충실히, 그리고 깊이 사랑했습니다.

부디 다른 사람도 나처럼 당신을 사랑하길 기도합니다.

슬퍼합니다, 내 영혼이

슬퍼합니다, 내 영혼이
그녀로 인해.

비록 내 마음은 그녀를 떠나왔지만
슬픔은 달랠 길 없었습니다.

비록 내 마음, 내 영혼이
그녀를 두고 멀리 달아났지만

비록 내 마음은 그녀를 떠나왔지만
슬픔은 달랠 길 없었습니다.

내 마음은, 너무도 애틋한 내 마음은
내 영혼에게 묻습니다. 그럴 수 있느냐고.

그렇게 떠나도 되냐고—비록 그렇더라도—
그것이 이렇게 매몰차고 슬플 수가 있느냐고.

내 영혼은 내 마음에게 묻습니다. 나도 모르겠다고
이미 덫에 걸려버린 우리들을 어찌해야 좋을지.

비록 이렇게 그녀를 떠나왔지만
떨어져 있어도 함께할 수밖에 없는 덫에 갇혀서.

약속

프리드리히 니체

나를 슬프게 하는 것은
그대가 나를 속인 것 때문이 아니라
이제 다시는 그대를 믿지 않는다는
사실 때문이다.

행위는 약속할 수 있으나 감정은 약속할 수 없다.
감정은 자신의 의지대로 되지 않기에.
그대를 영원히 사랑하겠노라 약속하는 자는
자기 힘에 겨운 것을 약속하는 결과밖에 되지 않는다.

누군가에게 영원한 사랑을 맹세했을 때,
그것은 겉으로의 영원을 약속한 것뿐이다.
사랑하는 사람들이여,
섣불리 '영원'이라고 말하지 마라.
비록 그때는 진심 어린 말이라도
그 상대가 상처를 받기는
너무 쉬운 일이니.

바다

백석

바닷가에 왔드니
바다와 같이 당신이 생각만 나는구려
바다와 같이 당신을 사랑하고만 싶구려

구붓하고 모래톱을 오르면
당신이 앞선 것만 같구려
당신이 뒤선 것만 같구려

그리고 지중지중 물가를 거닐면
당신이 이야기를 하는 것만 같구려
당신이 이야기를 끊은 것만 같구려

바닷가는
개지꽃에 개지 아니 나오고
고기비눌에 하이얀 햇볕만 쇠리쇠리하야
어쩐지 쓸쓸만 하구려 섧기만 하구려

우화의 강

마종기

사람이 사람을 만나 서로 좋아하면
두 사람 사이에 물길이 튼다.
한쪽이 슬퍼지면 친구도 가슴이 메이고
기뻐서 출렁거리면 그 물살은 밝게 빛나서
친구의 웃음소리가 강물의 끝에서도 들린다.

처음 열린 물길은 짧고 어색해서
서로 물을 보내고 자주 섞여야겠지만
한세상 유상한 정성의 물길이 흔할 수야 없겠지.
넘치지도 마르지도 않는 수려한 강물이 흔할 수야 없겠지.

긴말 전하지 않아도 미리 물살로 알아듣고
몇 해쯤 만나지 못해도 밤잠이 어렵지 않은 강,
아무려면 큰 강이 아무 의미도 없이 흐르고 있으랴.
세상에서 사람을 만나 오래 좋아하는 것이
죽고 사는 일처럼 쉽고 가벼울 수 있으랴.

큰 강의 시작과 끝은 어차피 알 수 없는 일이지만

물길을 항상 맑게 고집하는 사람과 친하고 싶다.
내 혼이 잠잘 때 그대가 나를 지켜보아주고
그대를 생각할 때면 언제나 싱싱한 강물이 보이는
시원하고 고운 사람을 친하고 싶다.

아직 시간이 남아 있다

루이제 린저

아침마다 나는 집에서 기르는 애완견을 한 번씩 쓰다듬어
주고
집을 떠난다.
그러나, 나는 그 개의 죽음을 미리부터 예감하고 있다.
언젠가는 그 개도 잃게 될 것이다.
내 주위의 온갖 죽음투성이들.

덧없는 생명체들의 죽음.
나는 온갖 죽음들을 예감한다.
장미꽃의 향내, 미모사, 물속에 핀 온갖 수초들, 흰 비둘기와
집토끼,
심지어 이름 없는 닭들과 어슬렁대는 고양이들의 죽음…….
그리고 나보다 나이가 많은 사람들의 죽음과 아직도 살아
있는 이들의 죽음을.
그럴 때마다 모든 것에 대한 고통스런 사랑이 나를 휘어잡
는다.

그들을 질리도록 사랑하지 못한 회한들…….

나의 수목들과 친구들과

나와 접했던 온갖 피조물들에 대해

다정하게 대하지 못했다는 후회들…….

그러나, 그럼에도 그렇게 늦지는 않았다.

나에게는 아직도 그동안의 게으름을 보충할 충분한 시간이

있을 테니까.

곧 저녁하늘이 붉게 물들겠구나.

이렇게 아름다운 풍경을 보고 있으면

가끔 이유도 없이 쓸쓸해지곤 해.

너 또한 정신없이 일에 치이고, 사람에 치이면서도,

문득 외로움에 사무칠 때가 있겠지.

외로울 때마다 핸드폰을 만지작거리거나,

유명한 맛집에 찾아가 달콤한 디저트를 먹거나,

양손 가득 쇼핑을 하고 돌아오곤 하잖니.

엄마는 네가 얼마나 외로움을 이겨내려 애쓰는지

이해한단다. 그래서 어찌 도울 수 있을까 고민하지.

어쩌다가 건물 아래로 몸이 쏟아질 듯이 외로울 때가 있어.

하지만 참으로 쏟아질까 두려워 이내 정신 차리고 몸을

바로 세우지. '나 혼자뿐이구나'라는 생각이 들면 빌딩만큼

마음은 왜 그리 무겁게 느껴지는지.

하지만 그 외로움을 피하려고만 들지 말렴.

그리고 어느 누구도 아무리 좋아하고 사랑해도

좁혀지지 않는 거리감이 있단다.

그 거리감을 받아들이고 사랑하렴.

그 거리가 있어 우리는 누군가를 그리워하고 애달파하는

거란다. 그 거리감으로 서로에게 최선을 다하게 되니

고맙기도 한 거란다.

외로움이 찾아들면, 내가 그랬듯 시를 한 번 읽어보렴.

행복은 멀리 있는 것이 아니라,

우리가 생각했던 것보다 훨씬 가까이 있음을

시가 알려줄 거란다.

"문득 아름다운 것과 마주쳤을 때
　지금 곁에 있으면 얼마나 좋을까 하고
　떠오르는 얼굴이 있다면 그대는
　사랑하고 있는 것이다"

「농담」이문재

2부 : 사랑

영원할 수 없기에 더 소중한 순간들

비수

프란츠 카프카

어떤 사람이
비수처럼 느껴질 때
날카로운 것으로
당신의 마음을 마구 휘젓고
가슴 에이게 한다면

당신은 그를
사랑하고 있는 것.

당신을 만나기 전에는

P. 파울라

사람을 만나는 것이
그렇게도 큰 기쁨일 줄은
정말 몰랐습니다.

거리낌 없는 대화
부담 없는 도움
그리고 완전한 믿음을
경험하게 될 줄은 정말 몰랐습니다.

나를 바치고
더 많은 것을
받게 될 줄은
정말 몰랐습니다.

사랑한다고 말하게 될 줄은
당신에게 그 말을 하게 될 줄은
그 말이 그토록 깊을 줄은
정말 몰랐습니다.

네 부드러운 손으로

네 부드러운 손으로
내 눈을 감게 하면
태양이 빛나는 나라에 있는 것처럼
내 주위는 환하게 밝아진다

나를 어스름 속으로 빠뜨리려고 해도
모든 것이 밝아질 뿐이다
너는 내게 빛, 오직 빛밖에
달리 더 줄 수 있는 것이 없으니까

당신의 전화

다니엘 스틸

기다립니다.
당신의 목소리와
당신의 미소를
매일 아침 기다립니다.
당신의 손길과 당신의 눈길
그리고 전화벨이 울리길 기다립니다.
어떤 이유든, 변명이든, 당신의 한마디 말을
무엇이든 기다립니다.
농담이라도 좋고 노래라도 좋겠지요.
그리고 마침내 전화벨이 울리고
당신의 목소리에
내 마음은 날아오릅니다.

이런 사랑 1

버지니아 울프

세상에 둘도 없는 친구나

이 세상 하나뿐인 다정한 엄마도

가끔 멀리하고 싶을 때가 있는데

당신은 아직 한 번도 싫은 적이 없어요.

어떤 옷에도 잘 어울리는 벨트나

예쁜 색깔의 매니큐어까지도

몇 번 쓰고 나면 바꾸고 싶지만

당신에 대한 내 마음은 아직 한 번도 변한 적 없어요.

새로 산 드레스도

새로 나온 초콜릿도

며칠 지나면 싫증나는데

당신은 아직 단 한 번도

싫증난 적이 없어요.

오래 숙성된 포도주나 그레이프 디저트도

매일 먹으면 물리는데

당신은 매일매일 같이 있고 싶어요.

생일

크리스티나 로제티

내 마음은 물가의 가지에 둥지를 튼
한 마리 노래하는 새예요.
내 마음은 탐스런 열매로 가지가 휘어진
한 그루 사과나무예요.
내 마음은 무지갯빛 조가비,
고요한 바다에서 춤추는 조가비예요.
내 마음은 이 모든 것들보다 행복합니다.
이제야 내 삶이 시작되었으니까요.
내게 사랑이 찾아왔으니까요.

좀 더 자주, 좀 더 자주

베스 페이건 퀸

오늘을 시작하며
좀 더 자주 그대를 포옹하고,
좀 더 자주 그대에게 키스하며
좀 더 자주 그대를 어루만지고,
좀 더 자주 그대와 얘기를 나누겠다고 다짐해요.

오늘을 시작하며,
무엇보다도 제일 먼저,
좀 더 자주 그대에게 고백할래요
내가 얼마나 그대를 사랑하는지.

우리 둘이는

폴 엘뤼아르

우리
둘이는 서로 손잡고

어디서나
마음속 깊이 서로를 믿는다.

아늑한
나무 아래 어두운 하늘 아래
모든 지붕 아래 난롯가에서

태양이
내리쬐는 빈 거리에서
민중의 망막한 눈동자 속에서

현명한 사람이나
어리석은 사람 곁에서라도

어린아이들이나

어른들 틈에서라도
사랑은
아무것도 감추지 않으며

우리들은
그것의 확실한 증거다.

사랑하는 사람들은
마음속 깊이 서로를 믿는다.

사랑은 우리만의 역사

바브 업햄

사랑엔 시간이 필요해요.
마음을 주고받으며 울고 웃는
역사가 필요해
애정으로 적극적으로
귀 기울여주는 마음이 중요해요.
그 사람의 행복과 안녕과
편안한 울타리를 위해서라면
뭐든 받아들이고 행동해야 되죠.
그래서 때로 사랑은 아픕니다.
의견 충돌과 괴로움의 뿌리가 뻗어감을
깨닫고 받아들이는 게 사랑이죠.
서로 멀어져 서먹할 때도 있으나
사랑은 약속이에요.
그 사람을 믿고 모든 것을
견뎌내겠단 약속 말예요.

고마운

켈리 클라손

기도할 수 있어 감사한다.
그리고 내 옆에 있는 너와 함께
배울 수 있어 감사한다.
고맙고도 고마운 나의 사랑
너는 나의 삶을 계속해서 흔든다.

내가 지쳐 있을 때
나를 어떻게 미소 짓게 할지
너는 알고 있다.
이 순간과 즐거움에 감사한다.
내 삶에 네가 들어온 것에 대해.

눈 오기 전

무로우 사이세이

오직 만나고 싶다는 열망으로
식초처럼 뜨거운 것이
가슴 깊이 지나칠 때,
눈 온다 외치는 소리 들리고
어느덧 하얗게 된 지붕 위.

당신이 날 사랑해야 한다면

엘리자베스 브라우닝

당신이 날 사랑해야 한다면, 오직
사랑만을 위해 사랑해주세요. 그리고 부디
"미소 때문에, 미모 때문에, 부드러운 말씨 때문에
그리고 또 내 생각과 잘 어울리는 재치 있는 생각 때문에,
그래서 그런 날에 나에게 느긋한 즐거움을 주었기 때문에
저 여인을 사랑한다"고 말하지 마세요.
그러한 것들은 임이여! 그 자체가 변하거나
당신을 위해 변하기도 합니다. 그처럼 짜여진 사랑은
그와 같이 풀려버리기도 합니다.
내 뺨의 눈물을 닦아주는 당신
사랑 어린 연민으로도
날 사랑하진 마세요—
당신의 위안을 오래 받았던 사람은 울음을 잊게 되고
그래서, 당신의 사람은 울음을 잊게 되고
그래서, 당신의 사랑을 잃게 될지도 모르니까요.
오직 사랑을 위해서만 날 사랑해주세요.
언제까지나 언제까지나
당신이 사랑을 누리시도록, 사랑의 영원을 통해.

단 한순간만이라도

D. 포페

한순간이라도

당신과

내가

바뀌었으면 좋겠어요.

그래야 당신도

알게 될 테니까요.

내가

당신을

얼마나 사랑하는지.

여수

서효인

사랑하는 여자가 있는 도시를
사랑하게 된 날이 있었다
다시는 못 올 것이라 생각하니
비가 오기 시작했고, 비를 머금은 공장에서
푸른 연기가 쉬지 않고
공중으로 흩어졌다
흰 빨래는 내어놓질 못했다
너의 얼굴을 생각 바깥으로
내보낼 수 없었다 그것은
나로 인해서 더러워지고 있었다

이 도시를 둘러싼 바다와 바다가 풍기는 살냄새
무서웠다 버스가 축축한 아스팔트를 감고 돌았다
버스의 진동에 따라 눈을 감고
거의 다 깨버린 잠을 붙잡았다
도착 이후에 끝을 말할 것이다
도시의 복판에 이르러 바다가 내보내는 냄새에
눈을 떴다 멀리 공장이 보이고

그 아래에 시커먼 빨래가 있고
끝이라 생각한 곳에서 다시 바다가 나타나고
길이 나타나고 여수였다

너의 얼굴이 완성되고 있었다
이 도시를 사랑할 수밖에 없음을 깨닫는다
네 얼굴을 닮아버린 해안은
세계를 통틀어 여기뿐이므로

표정이 울상인 너를 사랑하게 된 날이
있었다 무서운 사랑이
시작되었다

천생연분이 때때로 늦게
찾아올 수 있다는 것에 대하여

루이스 로살레스

너무 많이 살아서 어쩔 수 없이 알게 되는 것,
사랑에는 어쩌면 저절로 사그라지는 불빛이 있나 보다.
사랑은 결국 그런 것.
한 번의 입맞춤도 지탱하지 못하는 사랑과
한평생을 넘어서도 끝나지 않는 입맞춤이 있다.

성숙한 사랑

원하는 만큼 가까워지지 않는다고
불만을 가지지 마라.
끊임없이 성가신 잔소리로
사랑을 망가뜨리지 마라.
사랑은 조용하게 이해하는 것이며
불완전함에 대한 성숙한 포용력이니
그런 사랑이야말로 우리에게
우리가 가진 것 이상의 힘을 주고
우리가 사랑하는 사람을 돕도록 만든다.

그의 존재로 따스함을 느끼고
그가 사라진 다음에도 온기가 남아 있으면,
아무리 멀리 있어도 그와
떨어져 있는 게 아니라고 느껴진다면
당신은 이미 사랑 그 자체다.
가까이 있거나 멀리 있거나
그는 이미 당신의 것이다.

인연설

한용운

사랑하는 사람 앞에서
사랑한다는 말은 안 합니다.
아니하는 것이 아니라
못하는 것이 사랑의 진실입니다.
잊어버려야 하겠다는 말은
잊어버릴 수 없다는 말입니다.
정말 잊고 싶을 때는 말이 없습니다.
헤어질 때 돌아보지 않는 것은
너무 헤어지기 싫기 때문입니다.
그것은 헤어지는 것이 아니라
같이 있다는 말입니다.
사랑하는 사람 앞에서 웃는 것은
그만큼 그 사람과 행복하다는 말입니다.
그러나 알 수 없는 표정은 이별의 시작입니다.
떠날 때 울면 잊지 못한다는 증거요,
뛰다가 가로등에 기대어 울면
오로지 당신만을 사랑한다는 말입니다.

함께 영원히 있을 수 없음을 슬퍼 말고

잠시라도 함께 있을 수 있음을 기뻐하고

더 좋아해주지 않음을 노여워 말고

이만큼 좋아해주는 것에 만족하고

나만 애태운다 원망치 말고

애처롭기까지 한 사랑을 할 수 있음을 감사하고

주기만 하는 사랑이라 지치지 말고

더 많이 줄 수 없음을 아파하고

남과 함께 즐거워한다고 질투하지 말고

그의 기쁨이라 여겨 함께 기뻐할 줄 알고

이룰 수 없는 사랑이라 일찍 포기하지 말고

깨끗한 사랑으로 오래 간직할 수 있는

나는 당신을 그렇게 사랑하렵니다.

사랑은 그저 있는 것

생떽쥐페리

사랑에 있어서 나는
나 자신을 낮추지도
그녀를 낮추지도 않을 것이다.

나는
하나의 공간으로 그녀 곁에 있을 것이고
하나의 시간으로 그녀 속에 머물 것이다.

사랑에는 공식이 없다.
그것은 그저 있는 것이다.
공유한 그 많은 추억과 괴로운 시간들,
불화, 화해 그리고 마음의 격동…….

나무 하나를 심었다고 해서
어찌 금세 그 그늘 아래서 쉴 수 있으랴.
사랑 안에 쉬기 위해서도
많은 인내가 필요한 것.
사랑이 무성한 잎을 드리울 때까지.

아름다운 사람을 만나고 싶다

정안면

아름다운 사람을 만나고 싶다
항상 마음이 푸른 사람을 만나고 싶다
항상 푸른 잎새로 살아가는 사람을
오늘 만나고 싶다
언제 보아도 언제 바람으로 스쳐 만나도
마음이 따뜻한 사람
밤하늘의 별 같은 사람을 만나고 싶다
세상의 모든 유혹과 폭력 앞에서도 흔들리지 않고
언제나 제 갈 길을 묵묵히 걸어가는
의연한 사람을 만나고 싶다
언제나 마음을 하늘로 열고 사는
아름다운 사람을 만나고 싶다

오늘 거친 삶의 벌판에서
언제나 청순한 마음으로 사는
사슴 같은 사람을 만나고 싶다
모든 삶의 굴레 속에서도 비굴하지 않고
언제나 화해와 평화스런 얼굴로 살아가는

그런 세상의 사람을 만나고 싶다

아름다운 사람을 만나고 싶다

오늘 아름다운 사람을 만나서

마음이 아름다운 사람의 마음에 들어가서

나도 그런

아름다운 마음으로 살고 싶다

아침햇살에 투명한 이슬로 반짝이는 사람

바라다보면 바라다볼수록 온화한 미소로

마음이 편안한 사람을 만나고 싶다

결코 화려하지도 투박하지도 않으면서

소박한 삶의 모습으로

오늘 제 삶의 갈 길을 묵묵히 가는

그런 사람의 아름다운 마음 하나 곱게 간직하고 싶다

오늘 그를 위해

오늘 그를 위해 눈물을 흘려보아라.
'그에게서 사랑할 만한 점이라고는 눈곱만큼도 없다'고
말하지 마라. 사랑은 줄수록 샘솟는 것이네.
하지만, 노력하지 않으면
아무것도 줄 수도 받을 수도 없는 것.

누군가를 가장 사랑해야 할 때가 언제라고 생각하는가.
모든 게 순조롭고 편하게 느껴질 때─ 그렇다면 아직도
당신은 사랑을 모르는 것이다.
못 믿을 사람이라고 세상 사람들이 손가락질할 때,
상대방의 마음을 할퀴며
자신을 절망의 구렁텅이로 몰아갈 때,
그런 때야말로 사랑은 진정 필요한 것.

그를 진실로 사랑한다면
그가 누군지 올바로 판단하려면
그가 이 자리에 서기까지 겪었던 고통과 슬픔,

이 모든 것을 끌어안을 수 있어야 한다.
그래야 진정 그를 사랑한다고 말할 수 있으리.
오늘 그를 위해 눈물을 흘려보아라.

함께 있되 거리를 두어라

칼릴 지브란

함께 있되 거리를 두어라.

그래서 하늘의 바람이 너희 사이에서 춤추게 하라.

서로 사랑하라.

그러나 사랑으로 구속하지는 마라.

그보다 너희 혼과 혼의 두 땅 사이에 출렁이는 바다를 두어라.

서로의 잔을 채우되 한쪽의 잔만을 마시지 마라.

서로의 빵을 주되 한쪽의 빵만을 먹지 마라.

함께 노래하고 춤추며 즐거워하되 서로 혼자 있게 하라.

마치 현악기의 줄들이 하나의 음악을 울릴지라도 줄은 각기 혼자이듯이.

서로 가슴을 주어라. 그러나 서로의 가슴속에 묶어 두지는 마라.

오직 생명의 손길만이 너희의 가슴을 가질 수 있다.

함께 서 있어라. 그러나 너무 가까이 서 있지는 마라.

사원의 기둥들도 서로 떨어져 있고

참나무와 삼나무는 서로의 그늘 속에선 자랄 수 없으니.

재 같은 나날들

에드나 밀레이

사랑이 나를 두고 떠나간 뒤 똑같은 나날만 이어지네.
나는 먹어야 하고 그리고 잠을 잘 것이다. 차라리 밤이었으면!
아, 하지만, 깬 채로 누워 시계가 느릿느릿 울리는 것을 듣
는다.
차라리 다시 낮이라면ㅡ황혼이 가까운 낮이라면!

사랑이 나를 두고 떠나간 뒤 나는 어찌해야 할지 모르겠네.
이것저것 무엇이 됐건, 모든 것이 내게는 마찬가지.
그렇지만 내가 시작한 모든 일을 끝내지도 못하고 그만두네.
내 눈에 보이는 어느 것도 소용이 없구나.

사랑이 떠나고 나는 남았다,
이웃 사람들이 문을 두드리고 무언가 빌려간다.
그리고 삶은 쥐가 갉작대듯이 영원히 이어진다.
그리고 내일, 내일, 내일, 또 내일
이 작은 거리 이 작은 집이 있다.

빈집

기형도

사랑을 잃고 나는 쓰네

잘 있거라, 짧았던 밤들아
창밖을 떠돌던 겨울안개들아
아무것도 모르던 촛불들아, 잘 있거라
공포를 기다리던 흰 종이들아
망설임을 대신하던 눈물들아
잘 있거라, 더 이상 내 것이 아닌 열망들아

장님처럼 나 이제 더듬거리며 문을 잠그네
가엾은 내 사랑 빈집에 갇혔네

선물

기욤 아폴리네르

당신이 원하시면
나의 명랑한 아침을
당신께 드리겠어요.
또한 당신이 좋아하는
나의 빛나는 머리카락과
나의 푸르스름한 금빛 눈을 드리겠어요.
당신이 원하시면
따사로운 햇살 비치는 곳에서
아침에 눈뜰 때 들려오는 모든 소리와
그 가까이 분수에서 흘러내리는
감미로운 물소리를 당신께 드리겠어요.

이윽고 찾아든 저녁노을과
내 쓸쓸한 마음으로 얼룩진 저녁
조그만 내 손과 당신 마음 가까이
놓아둘 나의 마음을
기꺼이 당신께 드리겠어요.

사랑받기 위해 태어난 그대에게

작자 미상

꿈을 꿀 수 있을 때
많이 꾸어라.
세상의 현실은
그대를 차가운 존재로 만들 것이니.

사랑할 수 있을 때
많이 사랑하라.
사람들이
그대를 불신하게 만들 것이니.

모든 걸 느껴보아라.
바람이 불면 시원하다고 느낄 것이며,
비가 내리면 촉촉하다고 느낄 것이며,
해가 뜨면 이 세상에
살아 있음을 느낄 것이다.

힘들어도 피하지 마라.
그것들은 그대를 결심하게 해주고

투지를 갖게 해줄 것이니.
사랑은 때론 나도 모르게 찾아오니,
언제나 맞을 준비를 하여
놓치고 후회하지 않도록 하자.

행복은 어디에나 있다.
그러니 기다리지 말고
네가 먼저 다가가 행복과 친해져라.

이 모든 것이
사랑받기 위해 태어난 당신에게
해주고 싶은 충고이자 사랑이다.

사랑을 하고 싶지만, 이별을 겪어본 너는 쉽게
용기가 나질 않을 거야. 또 다시 헤어질까 두렵고,
누군가를 사랑하기에는 모자라고 자신감까지 잃어
작아질 때가 있어. 어느 때는 상처받을까 봐 두려워
뒷걸음치는 네가 보여. 누구에게도 마음 다치고 싶지
않지만, 마음 다쳐도 누군가와 꼭 닿고 싶다는 갈망.
그 두 마음으로 늘 괴로워하는 게 사람이니,
너무 괴로워하지 말렴.

사랑이란 게 별 게 있겠니. 서로 부족한 사람들끼리 만나
조금씩 완성해가는 기쁨, 이게 사랑이 아닐까 해.
쓰러지듯 슬픈 너를 일으켜줄 누군가를 기다리기보다,
너도 돕고 함께 갈 사람을 찾아보자꾸나. 너와 함께 있을
사람을 꿈꾸며, 네가 먼저 좋은 사람이 되는 거야.
너는 충분히 잘 할 수 있어. 겁내지 마. 깊고 뜨거운
사랑을 만나 후회 없이 빠져들길 바란다.
사랑, 그거 참 좋은 거야. 기적의 힘이 있으니까.

"마음껏 울어라. 마음껏 슬퍼하라.
두려워 말고, 큰 소리로 울부짖고 눈물 흘려라.
눈물이 그대를 약하게 만들지 않을 것이다"
　　　　　　　　　「마음껏 울어라」 메리 캐서린 디바인

3부: 상처

강한 척 견뎌내기가 버거운 날에는

마음껏 울어라

마음껏 슬퍼하라.

진정 슬픈 일에서 벗어날 유일한 길이니.

두려워 말고, 큰 소리로 울부짖고 눈물 흘려라.

눈물이 그대를 약하게 만들지 않을 것이다.

눈물을 쏟고, 소리쳐 울어라.

눈물은 빗물이 되어,

상처를 깨끗이 씻어줄 테니.

상실한 모든 것에 가슴 아파하라.

마음껏 슬퍼하라.

온 세상이 그대에게 등을 돌린 것처럼.

상처가 사라지면

눈물로 얼룩진 옛 시간을 되돌아보며

아픔을 이기게 해준

눈물의 힘에 감사할 것이다.

두려워 말고, 마음껏 소리치며 울어라.

형태도 없이 내 마음이

김성규

부러진 칼날처럼 우박이 쏟아졌어 익은 사과에 꽂히고 자동
차 유리창이 깨졌어 농부들은 쓸모없는 과일을 내다버리지

우박은 아스팔트 바닥에서 반짝였어 우산을 버리고 집으로
걸어가는 행인들, 버스 유리창의 성에를 손바닥으로 닦으며
바라보지

젖은 신문을 들고 빌딩 아래 담배를 피우는 사람들 연기가
공중에서 부서지지 이어붙일 수 없는 거추장스러운 물건을
보듯

화상을 입은 여자가 거울 앞에 서 있지 우는지 웃는지 알 수
없는 표정으로, 형태도 없이 내 마음이 망가지는 날

버스에서 내려 쏟아지는 칼날에 얼굴을 대고 울고 있어 소
리내지 않고, 우박 소리가 내 소리를 대신해서 울어주지

형태를 알아볼 수 없을 때까지 내 마음이 망가지는 날, 버릴

수도 없는 그것들을 조각조각 더러운 풀로 붙여 시를 쓰지

덕지덕지 기워진 내 얼굴을 보고 너는 나를 기억할까 더러
워진 내 마음을 보고 너는 나를 이해할까

／

이 또한 지나가리

랜터 윌슨 스미스

어느 날 페르시아의 왕이 신하들에게 명령했다.
슬플 때는 기쁘게
기쁠 때는 슬프게 만드는 물건을 찾아오라고.

신하들은 밤샘 모임 끝에
왕에게 반지 하나를 바쳤다.
왕은 반지의 글귀를 읽고
웃음을 터뜨리며 기뻐했다.
반지의 글귀는 이러했다.
'이 또한 지나가리.'

슬픔이 밀려와
그대 삶을 흔들고
귀한 것들을 쓸어가버리면
네 가슴에 대고 말하라.
'이 또한 지나가리.'

행운이 너에게 미소 짓고 기뻐할 때

근심 없는 나날이 스쳐 갈 때
세속에 매이지 않게
이 진실을 고요히 가슴에 새겨라.
'이 또한 지나가리.'

두 번은 없다

비슬라바 쉼보르스카

두 번은 없다. 지금도 그렇고
앞으로도 그럴 것이다. 그러므로 우리는
아무런 연습 없이 태어나서
아무런 훈련 없이 죽는다.

우리가, 세상이란 이름의 학교에서
가장 바보 같은 학생일지라도
여름에도 가을에도
낙제란 없는 법.

반복되는 하루는 단 한 번도 없다.
두 번의 똑같은 밤도 없고,
두 번의 한결같은 입맞춤도 없고,
두 번의 똑같은 눈빛도 없다.

어제, 누군가 내 곁에서
네 이름을 큰 소리로 불렀을 때,
내겐 마치 열린 창문으로

한 송이 장미꽃이 떨어져내리는 것 같았다.
오늘, 우리가 이렇게 함께 있을 때,
난 벽을 향해 얼굴을 돌려버렸다.
장미— 장미가 어떤 모양이었지—
꽃이었던가, 돌이었던가—

힘겨운 나날들, 무엇 때문에 너는
쓸데없는 불안으로 두려워하는가.
너는 존재한다 — 그러므로 사라질 것이다.
너는 사라진다 — 그러므로 아름답다.

미소 짓고, 어깨동무하며
우리 함께 일치점을 찾아보자.
비록 우리가 두 개의 투명한 물방울처럼
서로 다를지라도…….

저녁 기차

이승훈

저녁 기차를 타고
눈발이 날리면
너와 함께
겨울 바다에
가고 싶어
언제나 생각 뿐이지
사는 게 지겹다고
말은 하지만 한번도
떠날 수 없었어
저녁 기차를 타고
떠날 수 없었어
오늘도 저녁
기차를 보면
그동안 살아온 게
치사해 더러워
지겨워 역겨워
거적을 쓰고
살아온 것만 같아

엄살이 아니야
오늘도 저녁
기차를 보며
손을 흔든다
저녁 기차는
들은 척도 않고
오늘도 칙칙퍽퍽
어디로 가는 걸까
오늘도 저녁 기차는
가느다란 아편 같다

놀다

김일영

제 안에 든 움직임을 펴보며
새끼고양이가 논다
저를 배우고 있다
수십만 년의 시간을 거슬러 갔다 돌아와
고양이는 고양이가 된다

아장 아기가 걷는다
넘어지고 또 넘어져도 다시 일어나는
저 걸음을 위해
얼마나 많은 무릎들이 다쳐왔던가

둥근 무릎 뼈는 축적된 상처
우릴 걷게 하고 춤추게 하는 힘
아장 아기가 걷는다
단단해진 상처 위에서 아기가 놀고 있다

절벽 가까이 부르셔서

로버트 슐러

절벽 가까이로 나를 부르시기에 다가갔습니다.

절벽 끝으로 가까이 오라고 하셔서 더 다가갔습니다.

절벽에 겨우 발붙여 선 나를

절벽 아래로 밀어버리셨습니다.

그 절벽 아래로 나는 떨어졌습니다.

그때서야 나는 내가 날 수 있다는 사실을 알았습니다.

슬픔 없는 앨리스는 없다

신현림

매일매일이 축제이니

우울해하지 마

각설탕같이 움츠러들지 마

설탕 가루 같은 모래바람이 휘날린다

피로감이 끈적거린다

슬픔 없는 해는 없다

슬픔 없는 달도 없다

사랑한 만큼 쓸쓸하고

사람은 때에 맞게 오고 갈 테니

힘들어도 슬퍼하지 마

어디에 있든 태양 장미를 잃지 마

너를 응원하는 나를 잊지 마

귀뚜라미

두보

작고 가냘픈 귀뚜라미

그 슬픔 소리 어찌 사람을 울리는가

풀 속에서는 오들오들 울다가도

내 침상 아래에 와서는 정답게 속삭이듯

오래된 나그네 눈물이 나는구나

홀로된 여인 새벽까지 견딜 수 없겠구나

슬픈 거문고나 힘찬 피리소리도

네 천진한 감격에는 비기지 못하리

오, 나는 미친 듯 살고 싶다

알렉산드르 블로크

오, 나는 미친 듯 살고 싶다
모든 존재를, 영원한 것으로
무성격을, 인간적인 것으로
실현 불가능을, 가능한 것으로
삶의 무거운 꿈이 짓누르고
이 꿈속에서 내가 질식당할지라도
어쩌면, 유쾌한 젊은이는 미래에
나에 대하여 말할지 모르리라

음울함과 작별하자
진정 이것이 그의 숨은 원동력인가?
그는 온통 선과 빛의 아이
그는 온통 자유의 승리라고!

내 안에 내가 찾던 것 있었네

수전 폴리스 슈츠

모두들 행복을 찾는다고
온 세상 헤매고 있지.

하지만 새로운 도전이란
잠시 혼란스럽고 불행하게 마련
마침내 지친 그들은
자기 속으로 돌아오지.

아, 바로 내 안에
내가 찾던 것 있었네.
행복이란
참다운 나를
사랑하는 이와 나눌 줄 아는 것.

시간을 잃어버린 것이 아니다

라빈드라나트 타고르

수없이 거듭하여
나는 잃어버린 날들을 슬퍼했습니다.
그러나 결코 시간을 잃은 것이 아닙니다.
나의 주인이시여
내 생의 순간순간 모두
임의 손으로 잡으셨습니다.

임은 만물 속에 숨어
씨앗을 길러 싹 트게 하시고
봉오리를 만들어 꽃을 피우시고
풍성한 열매를 맺게 하셨습니다.

나는 피곤하여 쓸쓸히 침대에 누워
모든 것이 끝났다고 생각했지만
아침에 깨어 보니
정원은 꽃들의 기적으로 가득하였습니다.

육교를 건너며

김정환

육교를 건너며
나는 이렇게 사는 세상의
끝이 있음을 믿는다
내 발바닥 밑에서 육교는 후들거리고
육교를 건너며 오늘도 이렇게 못다한 마음으로
나의 이 살아 있음이 언젠가는 끝이 있으리라는 것을
나는 믿고
또 사랑하는 것이다
육교는 지금도 내 발바닥 밑에서 몸을 떤다
견딘다는 것은 오로지 마음 떨리는 일
끝이 있음으로 해서
완성됨이 있음으로 해서
오늘, 세상의 이 고통은 모두 아름답다
지는 해처럼
후들거리는 육교를 건너며
나는 오늘도 어제처럼 의심하며 살 것이며
내일도 후회 없이
맡겨진 삶의 소름 떠는 잔칫밤을 치를 것이다

아아 흔들리는 육교를 건너며
나는 오늘도, 이렇게 저질러진 세상의
끝이 있음을 나는 믿는다
나의 지치고 보잘것없는 이 발걸음들이
끝남으로, 완성될 때까지
나는 언제나 열심히 살아갈 것이다

바퀴처럼

칼리다사

내 자신에 대해 곰곰이 생각하며
스스로 나를 지탱해가고 있어요.
그러니, 오 총명한 사람이여
당신 또한 너무 두려워할 것 없어요.
행복하기만 한 사람, 늘 불행하기만 한 사람 뉘 있겠소.
삶이란 바퀴의 테처럼 위로 아래로
늘 바뀌는 거 아니오—

방랑하며

헤르만 헤세

슬퍼하지 마십시오. 이내 밤이 됩니다.
밤이 되면 파아란 들 위에
싸늘한 달이 살며시 웃는 것을 바라보며
서로 손을 잡고 쉽시다.

슬퍼하지 마십시오. 이내 때가 옵니다.
때가 오면 쉽시다. 우리들의 작은 십자가
밝은 길가에 둘이 서로 서 있을 것입니다.
비가 오고 눈이 오고
바람이 오고 갈 것입니다.

슬퍼하지 마라

만사가 안 된다고 걱정하거나 마음 상하지 마라.
생명수는 어둠 속에 있으니
형제들이여, 가난을 슬퍼하지 마라.
역경 속에 기쁨이 숨겨져 있으니
세월의 모순된 변화에 슬퍼하지 말고 참아라.
쓰디쓴 날 뒤에 반드시 다디단 날이 오리니.

이별한 자가 아는 진실

담뱃불을 끄듯 너를 꺼버릴 거야

다 마시고 난 맥주 캔처럼 나를 구겨버렸듯
너를 벗고 말 거야
그만, 너를, 잊는다, 고 다짐해도
북소리처럼 너는 다시 쿵쿵 울린다

오랜 상처를 회복하는 데 십년 걸렸는데
너를 뛰어넘는 건 얼마 걸릴까
그래, 너는 나의 휴일이었고
희망의 트럼펫이었다
지독한 사랑에 나를 걸었다
뭐든 걸지 않으면 아무것도 아니라 생각했다
네 생각 없이 아무 일도 할 수 없었다

너는 어디에나 있었다 해질녘 풍경과 비와 눈보라,
바라보는 곳곳마다 귀신처럼 일렁거렸다

온몸 휘감던 칡넝쿨의 사랑
그래, 널 여태 집착한 거야

사랑했다는 진실이 공허히 느껴질 때
너를 버리고 나는 다시 시작할 거야

적어두어라

존 켄드릭 뱅스

만일 불친절한 말을 들었다면, 그것을 종이에 적어두어라.

만일 어떤 이가 당신을 속였다면, 그것을 종이에 적어두어라.

만일 어떤 이가 당신을 멸시하거나 비난했다면, 혹은 당신을 배신했다면, 그것도 종이에 적어두어라.

만일 어떤 이가 당신을 비웃었다면, 그것도 종이에 적어두어라.

만일 어떤 이가 당신을 미워했다면, 그것도 종이에 적어두어라.

만일 어떤 이가 당신을 의심했거나 당신의 이웃이 솔직하지 못했다면

당신이 해야 할 것은 이것이다. 그것도 종이에 적어두어라.

한동안 그렇게 하라.

그런 다음 그 종이를 가지고 나가 태워버려라.

낙천

김소월

살기에 이러한 세상이라고
맘을 그렇게나 먹어야지
살기에 이러한 세상이라고
꽃 지고 잎 진 가지에 바람이 분다

용기

요한 괴테

신선한 공기, 빛나는 태양,

맑은 물, 그리고

친구들의 사랑

이것만 있거든 낙담하지 마라.

기도

라빈드라나트 타고르

위험에서 벗어나게 해달라 기도하지 말고

위험에 처해도 두려워하지 않게 해달라 기도하게 하소서.

고통을 멎게 해달라 기도하지 말고

고통을 이겨 낼 가슴을 달라 기도하게 하소서.

생의 싸움터에서 함께할

친구를 보내달라 기도하는 대신

스스로의 힘을 갖게 해달라 기도하게 하소서.

두려움 속에서 구원을 열망하기보다는

스스로 자유를 찾을 인내심을 달라 기도하게 하소서.

나의 성공에서만 신의 자비를 느끼는

이기주의자가 되지 않게 하시고

나의 실패에서도 신의 손길을 느끼게 하소서.

맨날 헛발질에, 맨날 손해보고……

나만 바보같이 사는 것 같아 미쳐버릴 것 같은,

그런 날도 많으리라 생각한단다.

날이 선 말 한마디에 온몸이 베이는 듯이 아프겠지.

마음은 왜 그리 습자지처럼 얇은지…….

엄마도 그 얇은 마음을 들키지 않으려고 많이 애쓰며

살았는데, 그것은 맞기도 하고 아닐 때도 있단다.

벌써 세상에 지쳐버린 너는 금세 무너질 듯이 슬퍼

보이는구나. 더 이상 강한 척, 단단한 척하기도 힘들 거야.

모든 노력이 물거품이 되는 듯한 날, 어두운 표정으로

방에 들어간 너를 안타깝게 그저 바라볼 수밖에 없구나.

이것만은 알아주렴. 인생의 무게, 그것은 네가 온전히

견뎌내야만 하는 것이라 엄마는 숨죽여 아파하며 조용히

기다릴 수밖에 없다는 사실을. 하지만 네가 상처받고

아파할 때 엄마도 같이 아프고 상처받는다는 것을 말이야.

어떤 말보다 한 편의 좋은 시가 큰 위로가 될 수 있기에,
오늘따라 더 외롭고 쓸쓸해 보이는 너를 위해
네 머리맡에 이 시집을 놓아두마. 이 시들이 너를 위로하고
지치고 힘든 너를 따뜻이 포옹해주리라 믿는단다.

잊지 말고 기억하렴.
엄마가 항상 네 곁에 있다는 걸.
언제 어디서나 너를 응원하고 있다는 사실을 말이야.

"어떤 삶을 만들 것인가는 전적으로
너에게 달려 있다.
필요한 답은 모두 네 안에 있다"
「삶이 하나의 놀이라면」 체리 카터 스코트

4부 : 꿈

오늘보다 내일 더 빛날 너에게

어떤 이력서

1816년, 집을 잃고 길거리로 쫓겨남.

1818년, 어머니 사망.

1831년, 사업에 실패.

1832년, 주의회 의원 선거에 낙선.

1833년, 다시 사업에 실패.

1834년, 주의회 의원에 당선.

1835년, 약혼자 사망.

1836년, 신경쇠약에 걸림.

1838년, 하원 의장 선거에 패배.

1840년, 선거 위원 선거에도 떨어짐.

1843년, 하원 의원 선거에 떨어짐.

1846년, 하원 의원에 당선.

1848년, 하원 의원 선거에 낙선.

1855년, 상원 의원 선거에 낙선.

1856년, 부통령 선거에 또 낙선.

1858년, 상원 의원 선거에 낙선.

1860년, 드디어 대통령이 되다.

나는 천천히 가는 사람입니다.
그러나 뒤로는 가지 않습니다.

나는 걱정했다

메리 올리버

나는 많이 걱정했다.
정원의 들이 잘 자랄까?
강이 바른 방향으로 흐를까?
지구는 배운 대로 돌까?
그렇지 않으면
내가 어떻게 바로잡지?

내가 옳았을까?
내가 틀렸을까?
나는 용서받을까?
더 잘할 수 있을까?

나는 과연 노래할 수 있을까?
참새들조차 노래할 수 있는데, 나는
절망적이지 않나?

내 시력이 약해지고 있는 걸까? 아님
상상일 뿐일까?

신경통이나 파상풍, 치매에 걸리진 않을까?

마침 내가 걱정했던 것이
하나도 안 일어났음을 알았어
그래서 나는 걱정을 그만두고, 낡은 몸을 이끌고
아침 속으로 걸어갔다

바람이 불면

이시영

날이 저문다 바람이 분다
바람이 불면 한 잔 해야지
붉은 얼굴로 나서고 싶다
슬픔은 아직 우리들의 것
바람을 피하면 또 바람
모래를 퍼내면 또 모래
앞이 막히면 또 한 잔 해야지
타는 눈으로 나아가고 싶다
목마른 가슴은 아직 우리들의 것
어둠이 내리면 어둠으로 맞서고
노여울 때는 하늘을 보고 걸었다

상처

조르주 상드

덤불 속에 가시가 있다는 것을 안다.
하지만 꽃을 더듬는 내 손 거두지 않는다.
덤불 속의 모든 꽃이 아름답진 않겠지만
그렇게라도 하지 않으면
꽃의 향기조차 맡을 수 없기에.

꽃을 꺾기 위해서 가시에 찔리듯
사랑을 얻기 위해
내 영혼의 상처를 견뎌낸다.
상처받기 위해 사랑하는 게 아니라
사랑하기 위해 상처받는 것이므로.

그대의 길

하우게

그대가 갈 길을 표시해놓은 사람은
아무도 없다
저 알 수 없는 세계에
멀리 떨어진 곳에

이것은 그대의 길
그대만이
그 길을 갈 것이고
되돌아오지는 못한다

그대 또한
걸어온 길을 표시해놓지 않는다
쓸쓸한 언덕 위 그대가 온 길을
바람이 지워버린다

이 길의 끝

인디언 격언

내가 걸어가는 길의 끝에는
깊은 계곡이 있다.
그 이상은 알지 못한다.
나는 주저앉아 절망한다.

새 한 마리가 계곡 위로 날아오르면,
새가 되길 원한다.
절벽 저편에서 꽃 한 송이가 빛나면,
꽃이 되길 원한다.
한 조각 구름이 하늘 위를 떠가면,
구름이 되길 원한다.

자신을 잊는다.
심장이 가벼워진다.
마치 깃털처럼
한 송이 데이지처럼 부드럽게,
하늘처럼 후련하게.

눈을 들여다보면,

계곡은

이제 한 번에 뛰어 건널 수 있는

시간과 영원 사이일 뿐이다.

'하필'이라는 말

김승희

하필이란 말이 일생을 만들 때가 있다

하필이면 왜 그날

하필이면 왜 그 배를

하필이면 왜 거기에

하필이면 왜 당신이

하필이면 왜 내가

하필이면 왜 그때

하필은 언제 어디로 갈지 모른다

하필은 이유를 모르고 배후도 동서남북도 모르지만

하필은 때로 전능하기도 하다

우연의 전능,

우연은 급히 우연을 조립한다

하필은 불현 듯 순간의 어긋남에 불을 비춰주는 말

잘못된 시간 잘못된 장소 잘못된 일이

하필은 기필코 하필이란 말을 물어보게 하는 말

하필은 참회도 없이 두 손을 붙들고 우는 말

하필이 쌓아올린 하필 그런 삶

산 너머 저쪽

카를 부세

산 너머 고개 너머
먼 하늘에
행복은 있다고
사람들은 말하네.

아, 나도 남 따라
찾아갔다가
눈물만 머금고 돌아왔다네.

산 너머 고개 너머
더욱더 멀리 행복은 있다고
사람들은 말하지만.

먼 곳에서 찾지 마라

맹자

길은 가까이 있다.
그러나 사람들은 헛되이
먼 곳을 찾는다.

일이란 해보면 쉬운 것이다.
그러나, 시작도 안 하고
먼저 어렵게만 생각하기에
할 수 있는 일들을 놓치고 마는 것이다.

희망

루쉰

희망이란 본래
있다고도 할 수 없고
없다고도 할 수 없다.
그것은 마치,
땅 위의 길과 같은 것이다.

본래 땅 위에는 길이 없었다.
걸어가는 사람이 많아지면
그곳이 곧 길이 되는 것이다.

인간의 의미

카비르

인간은 높은 곳을 향하여
앞으로 나아갈 때만 행복합니다.
일단 목표를 이루고 나면 열정은 식고
이내 더 높은 곳으로 날기를 갈망합니다.

인간의 의미는
그가 이룬 것에 있지 않고
오히려 그가 그토록
이루려는 열망 속에 있습니다.

인생 찬가

롱펠로

슬픈 사연으로 내게 말하지 마라
인생은 한낱 헛된 꿈에 불과하다고
잠자는 영혼은 죽은 것이니
만물은 외형의 모습대로만은 아니다

인생은 진실이며 인생은 진지하다
무덤이 그 끝이 될 수는 없다
너는 본래 흙이니, 흙으로 돌아가리라
이것은 영혼을 두고 한 말은 아니었다

우리가 가야 할 곳, 가야할 길은
향락도 아니며 슬픔 또한 아니다
저마다 내일이 오늘보다 낫도록
행동하는 것, 그것이 목적이요, 길이다

예술은 길고 세월은 날아간다
우리 심장은 튼튼하고 용감하면서도
마치 감싸진 북과 같이, 무덤을 향한

143

장송곡을 계속해서 울린다

이 세상 넓고 넓은 싸움터에서
인생의 노영 안에서
말 못하고 쫓기는 짐승이 되지 말고
싸움에서 이기는 영웅이 되어라

아무리 즐거워도 미래는 믿지 마라
죽은 과거는 죽은 채 버려두어라
행동하라 살아 있는 현재에 행동하라
안에는 영혼이, 위에는 하나님이 있다

위인들의 생애는 우리를 깨우치느니
우리도 숭고한 삶을 이룰 수 있고
떠날 때는 시간의 모래 위에
우리의 발자국을 남길 수 있음을

그 발자취는 아마도 훗날 다른 사람이

144

장엄한 인생의 바다를 향해하다가
외롭게 파도에 난파하는 때를 만나면
보고서 다시금 용기를 얻게 될지니

그러니 우리 모두 일어나 일하지 않으려나
어떤 운명인들 이겨낼 용기를 가지고
끊임없이 성취하고 추구하면서
일하고 기다리기를 함께 배우세

나의 방랑 생활

아르튀르 랭보

나는 떠났지. 다 해진 양복을 걸치고
그 찢어진 주머니에 손을 집어넣고
시의 신이여! 나는 하늘 아래에 사는
당신의 충성스러운 신하.
오, 랄랄라. 내 얼마나 멋진 사랑을 꿈꾸었으리.

단벌 바지엔 구멍이 났지.
꼬마 몽상가라 길에서 운율을
훑었지. 내 술집은 큰곰자리 운율에 있었어.
하늘에선 내 별이 부드럽게 살랑거렸지.

길가에 앉아 나는 들었지.
아름다운 9월의 멋진 저녁 소리를.
이마엔 이슬방울 떨어졌어. 힘 나는 술같이.

환상적인 그림자 속에서 운을 맞추며
가슴 가까이 발을 대고 나도 리라 타듯
터진 내 구두의 구두끈을 잡아당겼지!

걱정 많은 날

황인숙

옥상에 벌렁 누웠다

구름 한 점 없다

아니, 하늘 전체가 구름이다

잿빛 뿌연 하늘이지만

나 혼자 독차지

좋아라!

하늘과 나뿐이다

옥상 바닥에 쫘악 등짝을 펴고 누우니

아무 걱정 없다

오직 하늘뿐

살랑살랑 바람이

머리카락에도 불어오고

발바닥에도 불어오고

옆구리에도 불어온다

내 몸은 둥실 떠오른다

아 좋다!

서두르지 마라

경험이 풍부한 노인은
곤란한 일에 부딪혔을 때,
서두르지 말고
내일까지 기다리라고 말한다.

사실, 하루가 지나면
좋든 나쁘든
사정이 달라질 수 있다.

노인은 시간의 비밀을 알고 있다.

사람의 힘으로는 해결 못할 일들을
시간이 해결해주는 일들이 가끔 있다.

오늘 해결 못할 문제는
우선 푹 자고 일어나서
내일 다시 생각하는 것이 좋다.

곤란한 문제를

해결하려 서두르기보다

한 걸음 물러서

조용히 응시하는 것이 현명하다.

네 시간의 속도를 늦춰라

성 프란체스코

자유롭게 살기를 원하면
네 시간의 속도를 늦춰라.
일을 적게 하는 대신 그 일을 잘 끝내라.
진심 어린 일은 완전하게 이루어진다.

꿈이 이루어지길 원하면
네 시간의 속도를 늦춰라.
작게 시작한 일이 더 위대한 결과에 이른다.
소박한 일은 성스럽다.

매일매일 하나하나씩
네 비밀을 천천히 쌓아 올려라.
매일매일 너는 진실해질 것이며
하늘의 영광을 알게 되리라.

삶이 하나의 놀이라면

체리 카터 스코트

삶이 하나의 놀이라면 이것이 놀이의 규칙이다.
너에게 육체가 주어질 것이다.
좋든 싫든 너는 그 육체를
이번 생 내내 가지고 다닐 것이다.

너는 삶이라는 학교에 다닐 것이다.
수업 시간이 하루 스물네 시간인 학교에.
너는 그 수업을 좋아할 수도 있고
쓸모없거나 어리석다 여길 수도 있다.
하지만 충분히 배우지 못하면 같은 수업이 반복될 것이다.
그런 후 다음으로 나아갈 것이다.
네가 살아 있는 한 수업은 계속될 것이다.

너는 경험을 통해 배울 것이다.
실패는 없다, 오직 배움만이 있을 뿐.
실패한 경험은 성공한 경험만큼
똑같이 중요한 과정이다.

'이곳'보다 더 나은 '그곳'은 없다.
모든 이들은 너를 비추는 거울이다.
어떤 삶을 만들 것인가는 전적으로
너에게 달려 있다.
필요한 답은 모두 네 안에 있다.

그리고 태어나는 순간
너는 이 모든 규칙을 잊을 것이다.

나는 삶을 두 배로 살겠다

에이브러햄 카울리

재산은 시기받을 만큼 많지도,
경멸받을 만큼 적지도 않았으면 좋겠다.
명예는 위대한 업적이 아니라
오직 선량함에 의한 명예를 조금 원한다.
나쁘게 알려지느니 차라리 알려지지 않는 편이 나은 법.
소문이 무덤의 아귀를 벌릴 수 있는 것이다.
친구들은 필요하지만, 중요한 건
그 수가 아니라 어떤 친구들이냐 하는 것이다.

낮에는 공적인 의무가 아니라 책이 함께하고,
밤에는 죽음처럼 고요한 잠이 함께해야 한다.
내 집은 궁전보다 오두막집,
호화와 사치보다 내 필요에 맞으면 그만이다.
내 정원은 인공보다는 자연의 손으로 그려져,
사방의 들판에서 호라티우스도 부러워할 즐거움을 낳는다.

그렇게 해서 나는 삶을 두 배로 살겠다.
잘 달리는 사람은 두 배로 달릴 수 있는 법.

이 참된 기쁨,

이 자연 속의 즐거움, 이 행복 속에서

나는 운명을 두려워하지도, 욕심내지도 않고,

내일 나의 태양이 빛을 환하게 비추든,

구름 속에 숨든 상관없이

매일 밤 담대하게 말하리라.

나는 오늘을 살았다. 라고.

어디엔가 물은 있다

잘랄루딘 루미

루비와 태양은 하나다.
용기를 내어 자신을 갈고 닦아라.

완전하게 들음이 되고 또 듣는 귀가 되어
태양 루비를 귀고리로 걸어라.
일하라. 계속해서 샘을 파라.
일을 그만두겠다는 생각 따위 하지 마라.
어디엔가 물은 있다.

하루의 수련에 착실하라.
네 성실이 그 문의 문고리다.

계속 두드려라. 안에 있는 기쁨이
어느 순간 창문을 열고
거기 서 있는 너를 내다보리니.

더 이상 헤매지 않으리

바이런

이토록 밤늦은 시간
이제 더 이상 헤매지 않으리.
마음은 아직 사랑으로 충만하고
달빛도 밝게 빛나지만.

칼날은 칼집을 닳게 하고
영혼은 가슴을 미어지게 하므로,
숨을 돌리려면 잠시 쉬어야 하고
사랑 자체도 휴식이 있어야 하느니.

밤은 사랑을 위해 있으나
낮은 너무 빨리 돌아오는 법.
우리 이제 더 이상은 헤매지 않으리.
영롱한 달빛 아래에서도.

인생이라는 길 위에 올라서긴 했지만, 아무도 네게 지도를
건네주지 않으니 막막하고 두려울 거라 생각한단다.
장님이 된 듯이 앞이 캄캄할 때가 얼마나 많니.
그래도 엄마는 어느덧 네가 자라 스스로의 길을
만들어가는 모습이 자랑스럽구나.
아무 일 없다는 듯 감추려 해도 내게는 다 보인단다.
나도 그 시간을 지나왔기 때문이야. 누구나 불안하면
헤매고, 두려우면 곁에 누군가 있으면 좋겠다는 마음을
갖는단다. 하지만 지나고 보니 스스로 이겨내야 할 일이
거의 대부분이었어. 홀로 고군분투하는 네 모습이
안쓰럽지만 너무나 장하고 대견하단다.

앞날이 두렵고 불안할수록 마음을 신발처럼 가지런히
놓아보자꾸나. 괜찮아, 조바심 낼 필요 없어.
조금 늦어도 괜찮아. 크게 숨을 내쉬고, 들이마셔보렴.
충분히 생각하고, 꿈꾸고, 미래를 천천히 꽃피워보렴.
네가 생각한 가장 아름다운 너 자신을.

"청춘이란 장밋빛 볼, 붉은 입술, 부드러운 무릎이 아니라
석석한 의지, 풍부한 상상력, 불타오르는 정열이다"

「청춘」 사무엘 울만

5부: 청춘

후회 없이 눈부신 이 순간을 즐길 것

나무들 중에서 가장 아름다운 나무

하우스먼

나무들 중에서 가장 아름다운 나무, 벚나무는 지금
큰 가지에 꽃으로 잔뜩 장식하고
숲의 승마 길 옆에 서 있나니
부활절에 알맞은 하얀 옷이다.

내 정해진 일흔이란 수명에서
스물이란 나이는 두 번 다시 안 오나니
일흔 번의 봄에서 스무 번을 뺀다면
앞으로 올 봄은 쉰 번뿐이다.

흐드러지게 핀 꽃을 보기에는
쉰 번의 봄으로는 아무래도 부족하매
이제 숲을 찾아가기로 하자.
눈처럼 희게 핀 벚꽃을 보기 위해서.

행복의 문을 여는 열쇠들

작자 미상

말을 많이 하면 반드시 필요 없는 말이 섞여 나온다.
원래 귀는 닫도록 만들어지지 않았으나
입은 언제나 닫을 수 있게 되어 있다.

돈이 생기면 우선 책을 사라.
옷은 해지고, 가구는 부서지지만
책은 시간이 지나도 여전히 위대한 것을 품고 있다.

행상의 물건을 살 때는 값을 깎지 마라.
그 물건 다 팔아도 수익금은 너무 적으니
가능하면 부르는 그대로 주어라.

대머리가 되는 것을 너무 두려워하지 마라.
사람들은 머리카락이 얼마나 많고 적은가보다
머리 안에 무엇이 들었는지에 더 관심 있다.

광고를 다 믿지 마라.
울적하고 무기력한 사람이

163

광고에 나오는 맥주 한 잔으로
금세 기분이 좋아진다면
세상은 이미 천국이 되었을 것이다.

잘 웃는 것을 연습하라.
세상에는 정답을 말하거나,
답변하기 어려운 일이 많다.
그때에는 허허 웃어보라.
뜻밖에 문제가 풀리는 것을 보게 된다.

텔레비전에 너무 많은 시간을 빼앗기지 마라.
그것을 켜기는 쉬운데,
끌 때는 대단한 용기가 필요하다.

아무리 여유가 있어도 낭비는 나쁘다.
돈을 많이 쓰는 것과
낭비하는 것과는 큰 차이가 있다.
불필요한 것에 인색하고

꼭 써야 할 것에 손이 큰 사람이 돼라.

화내는 사람이 꼭 손해 본다.
급하게 열을 내고 목소리를 높인 사람이
싸움에서 지며, 좌절에 빠지기 쉽다.

주먹을 불끈 쥐기보다는
두 손을 모으고 기도하는 자가 더 강하다.
주먹은 상대방을 상처 주고 자신도 아픔을 겪지만
기도는 모든 사람을 살리기 때문이다.

청춘

사무엘 울만

청춘이란 인생의 한 기간이 아니라
마음가짐이다.
장밋빛 볼, 붉은 입술, 부드러운 무릎이 아니라
씩씩한 의지, 풍부한 상상력, 불타오르는 정열이다.
청춘은 인생이란 깊은 샘의 신선함이다.

청춘이란 두려움을 물리치는 용기,
안일한 삶을 뿌리치는 모험심.
때로는 스무 살 청년보다도 일흔 노인이 더 젊을 수 있다.
나이 먹는 것만으로 사람은 늙지 않는다.
꿈과 희망을 잃어버릴 때 비로소 늙는다.
세월은 피부에 주름살을 늘려가지만
열정을 잃으면 영혼에 주름이 진다.
고뇌, 공포, 실망에 의해서 기력은 땅을 기고
정신은 먼지처럼 되어간다.

일흔이든 열여섯 살이든 인간의 가슴속에는
경이로움에 끌리는 마음,

어린이처럼 미지에 대한 탐구심,
인생에 대한 흥미와 환희가 있다.
우리 모두의 가슴속엔 마음의 눈에
보이지 않는 우체국이 있다.
다른 사람들과 하느님으로부터
아름다움, 희망, 기쁨, 용기와
힘의 영감을 받는 한, 당신은 젊다.

영감의 교류가 끊기고
영혼이 비난의 눈에 덮여
슬픔과 탄식의 얼음 속에 갇힐 때
스무 살이라도 인간은 늙을 수밖에 없고,
고개를 들고 희망의 물결을 붙잡는 한
여든 살이라도 인간은 청춘으로 남는다.

사랑스런 추억

윤동주

봄이 오던 아침, 서울 어느 쪼그만 정거장에서
희망과 사랑처럼 기차를 기다려,

나는 플랫폼에 간신한 그림자를 떨어뜨리고,
담배를 피웠다.

내 그림자는 담배 연기 그림자를 날리고
비둘기 한 떼가 부끄러운 것도 없이
나래속을 속, 속, 햇빛에 비춰, 날았다.

기차는 아무 새로운 소식도 없이
나를 멀리 실어다주어,

봄은 다 가고― 동경 교외 어느 조용한 하숙방에서, 옛 거리
에 남은 나를 희망과 사랑처럼 그리워한다.

오늘도 기차는 몇 번이나 무의미하게 지나가고,

오늘도 나는 누구를 기다려 정거장 가까운
언덕에서 서성거릴 게다.

—아아 젊음은 오래 거기 남아 있거라.

희망을 가지렴

그걸 알겠니— 넌 벌써 아는구나.
그걸 되풀이하겠니— 넌 또 되풀이하겠지.
앉으렴. 더는 보질 말고, 앞으로!
앞을 향해, 일어나렴, 조금만 더, 그것이 삶이란다.
그것이 길이란다. 땀으로, 가시로, 먼지로, 고통으로 뒤덮인,
사랑도, 내일도 없는 얼굴……
넌 무얼 갖고 있느냐—
어서, 어서 올라가렴. 얼마 안 남았단다. 아, 넌 얼마나 젊
으니!

방금 태어난 듯이 얼마나 젊고 천진스럽니!
네 맑고 푸른 두 눈이 이마 위에 늘어진 너의 흰 머리칼 사이
로 빛나고 있구나.
너의 살아 있는, 참 부드럽고 신비스런 너의 두 눈이.
오, 주저 말고 오르고 또 오르렴. 넌 무얼 바라니—
네 하얀 창대를 잡고 막으렴. 원하는 네 곁에 있는 팔 하나,
그걸 보렴.
보렴. 느끼지 못하니— 거기, 돌연히 고요해진 침묵의 그림자.

그의 투니카의 빛깔이 그걸 알리는구나. 네 귀에 소리 안 나
는 말 한마디.
비록 네가 듣더라도, 음악 없는 말 한마디.
바람처럼 싱그럽게 다가오는 말 한마디. 다 해진 네 옷을 휘
날리게 하는
네 이마를 시원하게 하는 말, 네 얼굴을 야위게 하는 말,
눈물 자국을 씻어내는 말.
밤이 내리는 지금 네 흰 머리칼을 다듬고 자르는 말,
그 하얀 팔을 붙잡으렴. 네가 거의 알지 못해 살펴보는 그것.
똑바로 서서 믿지 못할 황혼의 푸른 선을 쳐다보렴.
땅 위에 희망의 선을.
커다란 발걸음으로, 똑바로 가렴, 신념을 갖고, 홀로
서둘러 걷기 시작하렴……

지금 하십시오

찰스 스펄전

할 일이 생각나거든 지금 하세요.
오늘 하늘은 맑지만,
내일은 구름이 보일지도 모릅니다.
어제는 이미 당신의 것이 아니니
지금 하세요.

친절한 말 한마디가 생각나거든
지금 말하세요.
내일은 당신의 것이 안 될지도 모릅니다.
사랑하는 사람이
언제나 곁에 있지는 않습니다.
사랑의 말이 있다면 지금 하세요.

미소를 짓고 싶다면 지금 웃어주세요.
당신의 친구가 떠나기 전에
장미가 피고 가슴이 설렐 때,
지금 당신의 미소를 주세요.

불러야 할 노래가 있다면

지금 부르세요.

당신의 해가 저물면

노래 부르기엔 너무나 늦습니다.

당신의 노래를

지금 부르세요.

부딪혀라

피테르 드노프

고통을 피하지 마라.

겪어 내야 하는 고통 앞에서

당신은 많은 것을 배우리라.

산고로 인해 생명의 탄생이 더욱 값지며

이별의 아픔으로 만남의 기쁨은 커지리라.

행복이란 겪어 낸 어려움을 통해서만

그 크기를 가늠할 수 있으며

고난과 갈등이 클수록 사랑 또한 깊어지리라.

그러니 그것이 아무리 힘들다 해도

누군가의 사랑을 피하지 마라.

아직 오지 않은 이별이 두려워 미리 물러서지 마라.

사랑 속에서 자신을 훌륭하게 발전시켜가라.

잠시 후면

베로니카 A.쇼프스톨

잠시 후면 너는
손을 잡는 것과 영혼을 묶는 것의 차이를 배울 것이다.
사랑은 기대는 것이 아니고
함께 있음이 안전을 보장하기 위함이 아님을
너는 배울 것이다.
잠시 후면 너는
입맞춤이 계약이 아니고, 선물은 약속이 아님을
배우기 시작할 것이다.
그리고 잠시 후면 너는 어린아이의 슬픔이 아니라
어른의 기품을 갖고서
얼굴을 똑바로 들고
눈을 크게 뜬 채로
인생의 실패를 받아들이기 시작할 것이다.
그리고 너는 내일의 땅 위에 집을 짓기엔
너무도 불확실하기에
오늘 이 순간 속에 너의 길을 닦아나갈 것이다.
잠시 후면 너는 햇빛조차도 너무 많이 쬐면
화상을 입는다는 사실을 배울 것이다.

따라서 너는 이제 자신의 정원을 심고

자신의 영혼을 가꾸리라.

누가 너에게 꽃을 가져다주기를 기다리기 전에.

그러면 너는 정말로 인내하며

진정으로 강해지고

진정한 가치를 네 안에 지니게 되리라.

인생의 실수와 더불어

너는 더 많은 것을 배우게 되리라.

웃어버려라

경쟁에서 이기지 못했니―
웃어버려.
권리를 무시당했니―
웃어버려.

사소한 비극에 사로잡히지 마.
총으로 나비를 잡지 마.
웃어버려.

일이 잘 안 풀리니―
웃어버려.
궁지에 몰렸다고 생각하니―
웃어버려.

너에게 무슨 일이 일어나든
웃음 이상의 해결책은 없어.
웃어버려.

보물 세 가지

내가 소중히 여기는 보물 세 가지가 있지.

헤아릴 수 없는 사랑

검소

그리고 누군가를 가르치려 들지 않는 것.

나를 사랑하라

어니 J. 젤린스키

당신이 불행하다고 해서 남을 원망하느라
시간과 기운을 허비하지 마라.
어느 누구도 당신 인생에 영향을 끼칠 수 없다.
오직 당신뿐이다.
모든 것은 타인의 행동에 반응하는
자신의 생각과 태도에 달려 있다.
많은 사람들이 실제 자신과 다른,
중요한 사람이 되고 싶어 한다.
그런 사람이 되지 마라. 당신은 이미 중요한 사람이다.
당신은 당신이다.
당신 본연의 모습으로 존재할 때
비로소 당신은 행복해질 수 있다.
당신 본연의 모습에 평안을 느끼지 못하면
절대 진정한 만족을 얻지 못한다.
자부심이란 다른 누구도 아닌
오직 당신만이 당신 자신에게 줄 수 있는 것.
자기 자신을 사랑한다는 것은 중요한 일이다.
다른 사람들이 뭐라 하든.

r">
180

어떻게 생각하든 개의치 말고
어머니가 당신을 사랑하는 것보다
더 당신 자신을 사랑해야 한다.
삶을 언제나 당신 자신과 연애하듯 살라.

여자들, 샬롬

신현림

샬롬, 너는 혼자서도 잘할 거야
남자랑 힘 합쳐 일하면 더 잘할 거야
하지만, 남자가 바뀌지 않는 한
빛의 꿀과 빵은 안 보일 거야
폭탄과 망치는 계속 늘어날 거야
여자를 남자의 그림자쯤으로 알면
세상은 하나도 안 바뀔 거야

세계사는 남자들의 세계사였고
예술사는 남자들의 예술사였고
문학사도 남자들의 문학사였다

전쟁을 일으키는 건 거의 남자였다
공정한 저울을 잃고, 사랑을 잃은
남자 속의 남자, 여자 속의 남자였다
샬롬, 샬롬, 왜 우리가 여기에 있지?
편 가르고, 짓밟으며 힘자랑하려고 사나
샬롬, 샬롬, 샬롬

힘자랑할 거면 닭장에서나 살라고 해

여자, 남자 따지려면 개나 되라고 해
샬롬, 샬롬, 우리는 잘할 거야
남자랑 힘 합쳐 더 잘할 거야
빵을 나누고 보살피는 손이
세상을 단단히 일으켜 세울 거야
비로소 사람이 되고
철조망을 녹이고,
벽을 무너뜨리는
사랑이 터지고 말 거야

여인숙

잘랄루딘 루미

인간은 여인숙과 같다.
매일 아침 새로운 손님이 도착한다.

기쁨, 절망, 슬픔
그리고 짧은 순간의 깨달음이
예기치 않은 방문객처럼 찾아온다.

그 모두를 환영하고 맞아들여라.
설령 그들이 슬픔의 무리여서
그대의 집을 난폭하게 쓸어가버리고
가구들을 모두 가져가도.

그래도 저마다의 손님을 존중하라.
그들은 새로운 기쁨을 주기 위해
그대를 청소하는 것일지도 모르니.

어두운 생각, 부끄러움, 후회
그들을 웃으며 맞아라.

그리고 그들을 집으로 초대하라.
누가 들어오든 감사히 여겨라.

모든 손님은 저 멀리에서 보낸
안내자들이니까.

나는 들었다

나무가 하는 말을 들었다.

우뚝 서서 세상에 몸을 맡겨라.

너그럽고 굽힐 줄 알아라.

하늘이 하는 말을 들었다.

마음을 열어라. 경계와 담장을 허물고

날아보아라.

태양이 하는 말을 들었다.

다른 이들을 돌보아라.

너의 따스함을 다른 사람과 나누어라.

냇물이 하는 말을 들었다.

느긋하게 흐름을 따라가라.

쉬지 말고 움직여라. 머뭇거리거나 두려워하지 마라.

작은 풀들이 하는 말을 들었다.

겸손하라. 단순하라.

작은 것들의 아름다움에 귀를 기울여라.

이제 난 안다

내 키가 세 뼘밖에 안 되는 작은 아이였을 때
한 남자가 되기 위해 큰 소리로 외치곤 했지.
"난 알아, 난 알아, 다 안다고."

그것이 시작이었고 봄이었어.
하지만 열여덟 살이 되었을 때 난 또다시 말했지.
"난 알아, 난 알아, 이젠 진짜 알아."

그리고 오늘
난 지나온 날들을 돌이켜보네.
내가 걸어온 길을 되돌아보네.

스물다섯 살 무렵 난 모든 것을 알고 있었지.
사랑과 열정, 인생과 돈에 대해.
그래 맞아, 사랑! 사랑도 할 만큼 해보았다네.

하지만 생의 한가운데서 난 깨달았지.
내가 배운 것은 서너 마디로 말할 수 있다네.
어느 날 누군가 당신을 사랑하고 있고 날씨가 화창하다면

"날씨 참 좋다" 이 이상으로 할 말이 없다는 것을.

어느덧 나는 생의 황혼녘에 들어섰다네.
그런데도 여전히 삶에서 경이로운 것이 있다네.
그토록 많았던 슬픔의 밤들은 어느새 잊혀지지만
행복했던 어느 아침은 결코 잊혀지지 않는다는 것.

젊은 시절 내내 "난 알아"라고 말하고 싶었지.
하지만 답을 찾으려고 하면 할수록 더 모르겠더군.

이제 인생의 괘종시계가 60번 울렸다네.
난 창가에 서서 밖을 내다보며 자문해보네.
이제야 알겠어.
난 알 수 없다는 것을.
인생과 사랑, 돈과 친구 그리고 열정에 대해
그것들이 가진 소리와 색에 대해 결코 알 수 없다는 것을.

이것이 내가 아는 전부라네.

안다는 것

아는 사람은 말하지 않고,
말하는 사람은 알지 못한다.

남을 아는 사람은 지혜로운 사람이지만,
자기를 아는 사람은 더욱 현명한 사람이다.
남을 이기는 사람은 힘이 있는 사람이지만,
스스로를 이기는 사람은 더욱 강한 사람이다.

또 다른 충고들

고통에 찬 달팽이를 보거든 충고하지 마라.

스스로 고통에서 벗어날 것이다.

너의 충고는 그를 화나게 하거나 상처를 줄 것이다.

하늘 선반 위로 제자리에 있지 않은 별을 보거든

그럴 만한 이유가 있을 거라 생각하라.

더 빨리 흐르라 강물의 등을 떠밀지 마라.

풀과 들, 새와 바람, 그리고 땅 위의 모든 것처럼

강물도 나름대로 최선을 다하고 있다.

시계추에게 달의 얼굴을 가졌다 말하지 마라.

너의 말로 그의 마음이 상할 것이다.

그리고 네 문제들로

너의 개를 귀찮게 하지 마라.

개는 개만의 문제들을 가지고 있으니까.

약속

김남조

어수룩하고 때로는 밑져 손해만 보는 성 싶은 이대로
우리는 한 평생 바보처럼 살아버리고 말자.

우리들 그 첫날에
만남에 바치는 고마움을 잊은 적 없이 살자.

철따라 별들이 그 자리를 옮겨 앉아도
매양 우리는 한 자리에 살자.

가을이면 낙엽을 쓸고
겨울이면 불을 지피는
자리에 앉아 눈짓을 보내며 웃고 살자.

다른 사람의 행복같은 것,
자존심 같은 것
조금도 멍들이지 말고,
우리 둘이만 못난이처럼 살자.

나는 배웠다

오마르 워싱턴

나는 배웠다.

다른 사람으로 하여금 나를 사랑하게 만들 수 없다는 것을.

내가 할 수 있는 일이 있다면 사랑받을 만한 사람이 되는 것 뿐임을.

사랑은 사랑하는 사람의 선택이다.

내가 아무리 마음을 쏟아 다른 사람을 돌보아도

그들은 때로 보답도 반응도 하지 않는다는 것을 나는 배웠다.

신뢰를 쌓는 데는 여러 해가 걸려도,

무너지는 것은 순식간이라는 것도.

나는 배웠다.

인생은 무엇을 손에 쥐고 있는가에 달린 것이 아니라,

누가 곁에 있는가에 달려 있음을.

우리의 매력이라는 것은 15분을 넘지 못하고,

그 다음은 상대방을 알아가는 것이 더 중요한 문제임을.

다른 사람의 최대치에 나 자신을 비교하기보다는

내 자신의 최대치에 나를 비교해야 한다는 것을.

그리고 또 나는 배웠다.

인생은 무슨 사건이 일어났는가에 달린 것이 아니라

일어난 사건에 어떻게 대처하느냐에 달려 있다는 것을.

무엇을 아무리 얇게 베어낸다 해도 거기에는 언제나

양면이 있다는 것을.

사랑하는 사람들에게는 언제나 사랑의 말을 남겨놓아야 한
다는 것을.

어느 순간이 우리의 마지막 만남이 될지 아는 사람은 아무
도 없다.

해야 할 일을 하면서도 그 결과에 대해서는

마음을 비우는 자들이 진정한 의미에서의 영웅임을 나는 배
웠다.

사랑을 가슴 속에 넘치게 담고 있으면서도

이를 나타낼 줄을 모르는 사람들이 있다는 것도.

나는 배웠다.

나에게도 분노할 권리는 있으나

타인에 대해 몰인정하고 잔인하게 대할 권리는 없음을.

우리가 아무리 멀리 떨어져 있어도

진정한 우정은 끊임없이 두터워진다는 것을,

그리고 사랑도 이와 같다는 것을.

내가 바라는 방식대로 나를 사랑하지 않는다 해서

나의 모든 것을 다해 당신을 사랑하지 않아도 좋다는 것이

아님을 나는 배웠다.
아무리 좋은 친구라고 해도 때때로 그들이 나를 아프게 하고,
그렇다고 하더라도 그들을 용서해야 한다는 것을.

그리고 타인으로부터 용서를 받는 것만으로는 충분하지 않고
때로 내가 내 자신을 용서해야 한다는 것을 나는 배웠다.
아무리 내 마음이 아프다고 하더라도
이 세상은 내 슬픔 때문에 운행을 중단하지 않는다는 것을,
우리 둘이 서로 다툰다고 해서 서로가 사랑하지 않는 게 아
님을 나는 배웠다.
그리고 우리 둘이 서로 다투지 않는다고 해서
서로 사랑하는 게 아니라는 것을.

또 나는 배웠다.
환경이 영향을 미친다고 하더라도
내가 어떤 사람이 되는가 하는 것은 오로지 나 자신의 책임
인 것을.
밖으로 드러나는 행위보다 인간 자신이 먼저임을.
두 사람이 한 가지 사물을 바라보면서도
보는 것은 완전히 다르다는 것을.
앞과 뒤를 계산하지 않고 자신에게 정직한 사람이
결국은 우리가 살아가는 데서 앞선다는 것도.
내가 알지도 보지도 못한 사람에 의하여
내 인생의 진로가 변할 수도 있다는 것을,

이제는 더 이상 친구를 도울 힘이 내게 없다고 생각할 때에도
친구가 내게 울면서 매달릴 때에는
여전히 그를 도울 힘이 나에게 남아 있음을 나는 배웠다.

나는 배웠다.
글을 쓰는 일이 대화를 하는 것과 마찬가지로
내 마음의 아픔을 덜어준다는 것을.
내가 너무나 아끼는 사람들이 너무나 빨리 이 세상을 떠난
다는 것을.
타인의 마음을 상하게 하지 않는다는 것과
내가 믿는 바를 위해 내 입장을 분명히 한다는 것,
이 두 가지 일을 엄격하게 구분하는 것이 너무나 어렵다는
것을.

나는 배웠다.
사랑하는 것과 사랑을 받는 것을.

사랑법

강은교

떠나고 싶은 자
떠나게 하고
잠들고 싶은 자
잠들게 하고
그러고도 남는 시간은
침묵할 것

또는 꽃에 대하여
또는 하늘에 대하여
또는 무덤에 대하여

서둘지 말 것
침묵할 것

그대 살 속의
오래전에 굳은 날개와
흐르지 않는 강물과
누워 있는 누워 있는 구름,

결코 잠깨지 않는 별을
쉽게 꿈꾸지 말고
쉽게 흐르지 말고
쉽게 꽃 피지 말고
그러므로

실눈으로 볼 것
떠나고 싶은 자
홀로 떠나는 모습을
잠들고 싶은 자
홀로 잠드는 모습을

가장 큰 하늘은 언제나
그대 등 뒤에 있다

젊은 시인에게 주는 충고

라이너 마리아 릴케

마음속의 풀리지 않는 모든 문제들에 대해

인내를 가져라.

문제 그 자체를 사랑하라.

지금 당장 주어질 순 없으니까.

중요한 건

모두를 살아보는 것이다.

지금 그 문제들을 살아라.

그러면 언젠가 먼 미래에

자신도 알지 못하는 사이에

삶이 너에게 해답을 줄 테니까.

하루밖에 살 수 없다면

울리히 샤퍼

하루는 한 생애의 축소판.
아침에 눈을 뜨면
하나의 생애가 시작되고
피로한 몸을 뉘여 잠자리에 들면
또 하나의 생애가 끝납니다.
만일 우리가 단 하루밖에 살 수 없다면,

나는 당신에게
투정부리지 않을 겁니다.
하루밖에 살 수 없다면
당신에게 좀 더 부드럽게 대할 겁니다.
아무리 힘든 일이 있어도
불평하지 않을 겁니다.
하루밖에 살 수 없다면
더 열심히 당신을 사랑할 겁니다.
아무도 미워하지 않고
모두 사랑만 하겠습니다.

그러나 정말 하루밖에 살 수 없다면
나는 당신만을 사랑하지 않을 겁니다.
죽어서도 버리지 못할 그리움
그 엄청난 고통이 두려워
당신의 등 뒤에서
그저 울고만 있을 겁니다.
바보처럼.

내가 인생을 다시 산다면

나딘 스테어

내가 인생을 다시 산다면

이번에는 더 많은 실수를 저지르리라.

긴장을 풀고 몸을 부드럽게 하리라.

그리고 좀 더 바보가 되리라.

되도록 모든 일을 심각하게 생각지 않으며

보다 많은 기회를 놓치지 않으리라.

더 자주 여행을 다니고

더 자주 노을을 보리라.

산도 가고 강에서 수영도 즐기리라.

아이스크림도 많이 먹고 콩 요리는 덜 먹으리라.

실제 고통은 많이 겪어도

고통을 상상하지는 않으리라.

보라, 나는 매 순간을.

매일을 좀 더 뜻깊고 사려 깊게 사는 사람이 되리라.

아, 나는 이미 많은 순간들을 마주했으나

인생을 다시 시작한다면 그런 순간들을 많이 가지리라.

그리고 순간을 살되
쓸데없이 시간을 보내지 않으리라.
먼 나날만 바라보는 대신
이 순간을 즐기며 살아가리라.

지금까지 난 체온계와 보온병, 비옷, 우산 없이는
어디도 못 가는 사람이었다.
이제 내가 인생을 다시 산다면
보다 간소한 차림으로 여행길을 나서리라.

내가 인생을 다시 시작한다면
이른 봄부터 늦가을까지
신발을 벗어던지고 맨발로 지내리라.
춤도 자주 추리라.
회전목마도 자주 타리라.
데이지 꽃도 더 많이 보리라.

딸아, 너는 인생에서 가장 아름다운 시절을
보내고 있다는 걸 알고 있니? 그리고 아름다운 만큼,
네게는 가장 어렵고 힘든 시간일 수도 있어.
하지만 엄마는 네가 덜 상처받고, 덜 아프기만을
바라지는 않아. 좀 상처 입으면 어때, 좀 아프면 어때,
까짓것 다시 일어나면 되지 뭐, 하면서 훌훌 털고 나아가는
딸이었으면 해. 그렇게 괴로움을 용감하게 뛰어넘을 수
있을 거야. 온몸으로 인생을 껴안고 가길 바란단다.

두려워하고 우울하게만 보내기엔
지금 이 시간이 너무 아깝잖아.
상처받을까 봐, 실패할까 봐, 싫어할까 봐……
이런저런 걱정은 잠시 접어두자꾸나. 엄마는 네가 매일매일
소중한 인생의 기적을 캐나갔으면 좋겠어.
시집이라는 호미 한 자루로 지금은 충분하지 않니.

한겨울 시린 바람에 꽁꽁 닫아놓았던 모든 창문을
열어보렴. 방안의 공기를 바꾸고, 음악을 틀고 가장 편한
자리에 기대고 앉아, 어깨와 발을 흔들거리며 즐겨보렴.
꽃병에 너를 닮은 예쁜 꽃을 꽂아 향기가 흐르게 하는
것도 좋겠구나. 매일 그날이 그날인 평범한 날, 시시한
시간이라도 너 자신에게 가장 소중한 오후를 만들어보렴.
지금 이 순간 후회 없이 충분히 즐겨보렴.
눈부시게 빛나는 네 인생을 응원할게.

1부. 외로움

틱낫한 _____ 1926~2022. 베트남의 대선사이자 참여불교 운동가. 1926년 베트남에서 태어나 16세에 출가했다. 1966년 미국을 방문해 베트남의 고통을 세계에 널리 알렸으며 종교 간의 대화와 화해, 인류에 대한 종교의 헌신을 주창하여 마틴 루터 킹 목사로부터 노벨 평화상 후보로 추천받기도 하였다. 이후 베트남 정부의 박해를 받아 프랑스로 망명한 그는 그곳에서 난민들을 위한 공동체와 전 세계의 기독교인과 불교인을 대상으로 하는 명상 프로그램을 운영하고 있다.

이문재 _____ 1959~. 이문재는 유연한 시적 상상력을 기본으로 현실을 부유하는 젊은 영혼을 노래하는 시인으로 평가받고 있다. 다채로운 심상과 독창적 시어가 그만의 시 세계를 이루고 있다. 『내 젖은 구두를 벗어 해에게 보여줄 때』 『마음의 오지』 등의 시집을 간행한 바 있다. 현대문학에 대한 평론 활동도 하고 있다.

도종환 _____ 1954~. 1984년 동인지 『분단시대』에 「고두미 마을에서」 등 5편의 시를, 1985년 『실천문학』에 「마늘밭에서」를 발표하며 등단했다. 1989년 전국교직원노조 활동으로 해직되는 등의 아픔을 겪다가 1998년 복직되었다. 도종환은 사랑을 바탕으로 한 여리고 깨끗한 감성의 시인으로 알려져 있다.

지셴 —— 1913~. 중국의 현대 문학가로 현대 시 운동에 열정적이었
다. 중국 대륙에서 9권의 시집과 7종의 시 전문지를 간행하였는데,
9권에 수록된 시들을 타이완으로 건너온 후 재간행하였다. 저속하지
않은 시어와 청려한 이미지를 주로 써 독자들에게 어렵지 않은 현대
시를 쓴 것으로 평가받고 있다. 『지나온 목숨』『화재의 도시』 등의 작
품들이 있다.

최승자 —— 1952~. 최승자의 시는 삶을 절망적인 언어로 노래하지만
이것은 절망 그 자체로의 함몰을 의미하는 것이 아니라 절망을 통하
여 더욱 강한 삶의 의지를 말하고자 하는 의지를 담고 있다. 『이 시대
의 사랑』『즐거운 일기』『기억의 집』 등의 시집을 펴냈다.

체 게바라 —— 1928~1967. 아르헨티나의 상류층 가정에서 태어나
20대 초반까지는 부에노스아이레스에서 의학 공부를 하며 엘리트 코
스를 밟았다. 남미 대륙을 여행하면서 핍박받는 민중들의 삶을 지켜
본 그는 세계의 모순을 먼저 치료해야 한다는 생각으로 멕시코로 가
서 피델 카스트로를 만나 혁명가로 변신한다. 쿠바 혁명에 성공한 후
쿠바에서 국립은행 총재, 공업장관 등을 역임했고 모든 종류의 제국
주의, 식민지주의에 반대하는 외교 활동을 벌였다. 그러나 1965년
4월에 그는 자신이 정치가가 아니라 혁명가라는 판단을 내리고 쿠바
에서의 2인자 자리를 과감히 버린 후 볼리비아 산악지대에서 게릴라
부대를 조직하여 투쟁하다가 볼리비아 정부군에 체포되어 총살되었
다. 당시 그의 나이는 39세였다.

윤후명 —— 1946~. 한국의 소설가 겸 시인. 시적인 문체와 독특한 서

술방식으로 환상과 주술의 세계를 자유롭게 비상하는 그의 소설은 1980년대의 시대적 부채감에서 자유로웠다. 주요 작품으로『돈황의 사랑』『모든 별들은 음악 소리를 낸다』등이 있다.

이시카와 타쿠보쿠 ___ 1886~1912. 유달리 강한 자부심 때문에 생활고를 겪었다. 사상적으로는 1910년에 일어난 대역 사건의 진상을 알게 되면서 급속히 사회주의 사상으로 기울었다. 만년에는 청년의 계몽을 위해 노력했으나 신병 때문에 이루지 못하고 26세로 요절했다. 1910년 처녀가집『한 줌의 모래』를 간행하여 가단의 주목을 끌었다. 특히 사후에「생활의 노래」는 가단에 많은 영향을 주었다.

수팅 ___ 1952년 중국 남방의 푸젠 성 샤먼 시에서 태어났다. 1960년대 문화대혁명의 소용돌이 속에서 암울한 날을 보낸 수팅은 1970년대 초부터 날카로운 감수성이 빚어낸 섬세한 언어 감각으로 억압 속에 잠들어 있던 중국의 시 정신을 소생시켰다.『수팅 시선』『쌍돛배』등의 시집이 영국과 일본 · 독일 · 프랑스 · 덴마크 등 여러 나라에서 번역 출간되었다.

재클린 우드슨 ___ 미국 오하이오 주에서 태어나 대학에서 영문학을 전공했으며, 전업 작가가 되기 전까지는 고아들과 가출 청소년들을 대상으로 한 연극 치료사로 활동했다. 전미 도서상, 칼데콧 상 등 많은 상들을 수상했으며,『쉿!』『미러클 보이스』『당신이 조용히 온다면』등을 펴냈다.

심순덕 ___ 1960~. 2003년에 시를 발표하며 등단했고, 시「엄마는 그래도 되는 줄 알았습니다」로 많은 사랑을 받았다. 현재 춘천에서 시를 쓰고 있다.

이성복 ___ 1952~. 1977년「정든 유곽에서」를 발표하며 등단했다. 『뒹구는 돌은 언제 잠깨는가』『남해금산』『호랑가시나무의 기억』 『아, 입이 없는 것들』등의 시집을 냈다. 이성복은 섬세하면서도 쉬운 언어로 우리 시대의 정신적 위기를 노래하는 시인으로 평가받고 있다.

이병률 ___ 1967~. 1995년 한국일보 신춘문예에「좋은 사람들」「그날엔」두 편의 시가 당선되어 작품 활동을 시작했으며, 시집『당신은 어딘가로 가려 한다』『바람의 사생활』, 산문집『끌림』등을 냈다.

케스트너 ___ 1899~1974. 독일의 소설가. 네 권의 시집을 출판한 것을 시작으로 이름이 알려지게 되었다. 어른들의 타산적인 세계를 풍자한 소년소설과 순진한 아이들의 세계를 옹호한『에밀과 탐정들』등으로 청소년들의 사랑을 받았다. 그 외 작품으로『파비안』『매일의 잡록』『두 명의 로테』『독재자의 학교』등이 있다.

에두아르트 뫼리케 ___ 1804~1875. 독일의 시인이자 소설가. 평온하고 소박한 느낌의 작품과 민요풍의 시 등을 썼다. 그의 작품은 평온하고 온화한 분위기가 특징이며 입체적 느낌과 예민한 음악성이 넘쳤다. 또한 자연과도 깊이 결합하여 시풍이 소박하고 민요조에 가까운 것이 많다. 작품으로「한밤중에」「정원사」등이 있다.

알렉산데르 푸슈킨 ___ 1799~1837. 러시아의 국민 시인. 러시아 리얼리즘 문학의 기초를 열고 근대 러시아 문학을 확립했다. 현상을 꿰뚫어 보는 뛰어난 통찰력을 특징으로 한다. 푸슈킨의 작품은 모두 농노제하의 러시아 현실을 정확히 그려 내고 있으며 깊은 사상적 기반을 가지고 있다. "러시아 문학의 모든 작가와 유파는 모두 푸슈킨에서 비롯되었다"고 평가되기도 한다. 주요 작품으로 『예브게니 오네긴』 『폴타바』 『대위의 딸』 등이 있다.

폴 베를렌 ___ 1844~1896. 19세기 프랑스 상징파 시인으로 랭보의 연인이었다. 다채로운 기교를 구사하는 세기말 대표 시인으로 인정받았다. 랭보와 함께 지내다가 술에 취해 랭보와 논쟁을 벌인 끝에 권총을 발사하여 그의 왼손에 상처를 입혔기 때문에 2년을 교도소에서 보냈다. 술과 가난으로 비참한 말년을 보내다가 52세로 세상을 떠났다. 그의 생전에 간행한 시집은 총 20권에 이르며 시편은 840편이나 된다.

프리드리히 니체 ___ 1844~1900. 키르케고르와 함께 실존주의의 선구자로 일컬어진다. 라이프치히 대학에서 쇼펜하우어의 『의지와 표상으로서의 세계』라는 책을 읽고 깊은 감명과 영향을 받았고, 또 바그너를 알게 되어 그의 음악에 심취하였다. 철학, 기독교 윤리 등 기존의 부르주아 자유주의 이데올로기를 부정하고 인생의 영겁회귀에서 모든 생의 무가치를 주장했다. 그가 쓴 책으로는 『반시대적 고찰』 『차라투스트라는 이렇게 말하였다』 등이 있다.

백석 ___ 1912~1995. 1935년 시 「정주성」을 발표하며 등단한 이후 시, 수필, 야화 등을 발표했다. 백석의 시 세계는 당시 문단의 경향이었던 모더니즘의 영향을 받았으면서도 향토적인 서정의 세계를 사투리로 형상화하는 특징을 가지고 있다. 또한 일제의 수탈 아래서 어렵게 살고 있던 민중들의 애환과 삶을 사실적으로 그려 냈다. 광복 후에는 북한에 남아서 주로 번역과 시작 활동을 계속했다.

마종기 ___ 1939~. 아동문학가 마해송의 아들로 대학원을 졸업하고

의학 연구차 미국에 간 뒤 그곳에서 생활하면서 모국어로 시를 써 왔
다. 의사로서의 경험과 외국 생활을 바탕으로 하여 인간에 대한 애정
이 담긴 통찰을 세련된 언어로 형상화하고 있다는 평가를 받고 있다.
시집『조용한 개선』『두번째 겨울』『변경의 꽃』『안 보이는 사랑의 나
라』『이슬의 눈』『새들의 꿈에서는 나무 냄새가 난다』등을 펴냈다.

루이제 린저 ____ 1911~2002. 초등학교 교사로 일하다가 결혼한 후
소설을 쓰기 시작해 1940년『파문(유리반지)』를 발표했다. 이 소설은
작가의 자전적 성장소설로서 병상에 있던 헤르만 헤세가 찬사의 편
지를 보낼 정도로 반응이 대단했다. 1950년에 발표한『생의 한가운
데』는 니나라는 여성의 삶을 통해 사랑의 본질을 탐구한 대표작으로,
그녀가 작가로서의 입지를 다지는 데 큰 역할을 했다. 문체가 간결하
고 보편성을 띤 주제를 다뤄 세계적으로 많은 독자를 가지고 있다. 전
후 독일의 가장 뛰어난 산문작가로 평가받고 있으며 시몬느 드 보부
아르와 더불어 현대여성계의 양대산맥으로 일컬어진다.

2부. 사랑

프란츠 카프카 ____ 1883~1924. 유대계 독일 작가. 인간 운명의 부조
리와 존재의 불안을 꿰뚫어 보고, 현대 인간의 실존적 체험을 극한까
지 표현한 것이 특징이다. 실존주의 문학의 선구자로 높이 평가받는
다. 주요 작품으로『실종자』『변신』『성』등이 있다.

페르 라게르크비스트 ____ 1891~1974. 스웨덴의 시인, 소설가, 극작가.
인생의 공허와 혼돈에 대한 '고민의 문학'으로 스웨덴 문학을 이끌었
다. 1950년 소설『바바라』를 출간하여, 그 이듬해 1951년 노벨 문학

상을 수상했다. 펴낸 시집으로『고민』『마음의 노래』등이 있고, 희곡
으로는『혼이 없는 사나이』『어둠 속의 승리』등이 있다.

다니엘 스틸 ____ 1947~. 세계적으로 유명한 베스트셀러 작가. 잔
잔한 이야기를 풍부한 상상력으로 엮는 '마력의 작가'라고 할 수 있
다.1999년 미국 언론에서 선정한 '20세기 위대한 베스트셀러 295선'
에스틸의 책이 14편이나 올랐고 20여편이 텔레비전 드라마로 만들
어졌다. 그녀의 주요 작품으로는『희망의 거리에 있는 집』『결혼식』
『저항할 수 없는 힘』『그래니 댄』『달콤하고 쏩쏠한』『거울 속의 모
습』클론과 나』『집으로 가는 먼 길』등이 있다.

버지니아 울프 ____ 1882~1941. 영국의 소설가이자 비평가. 1915년
처녀작『출항』을 발표하며 본격적인 문학 활동을 시작했다. 초기에
는 전통 소설 형식을 따르다가『제이콥의 방』에서부터 인물들의 인상
을 대조시키는 새로운 소설 형식을 시도했다. 이와 같은 수법을 보다
더 완숙시킨 작품이 바로『댈러웨이 부인』이다. 이 밖에도 작품『등대
로』를 통해서는 '의식의 흐름' 기법으로 인간의 심리 가장 깊숙한 곳
까지 추구하며 시간과 진실에 대한 새로운 관념을 제시했다. 소녀 시
절부터의 신경증이 재발해 1941년 우즈 강에서 투신자살했다.

크리스티나 로제티 ____ 1830~1894. 영국의 여성 시인. 화가였던 오빠
단테이 게이브리얼 로세티가 주도한 '라파엘 전파'의 영향을 받아, 신
비적이고 종교적인 분위기의 시 세계를 추구했다. 그녀는 그 명성이
후세에 전해질 정도로 유명하지 못했지만 아름다우면서도 슬픈 시풍
으로 많은 이들에게 기억되고 있다.

폴 엘뤼아르 ____ 1895~1952. 프랑스의 시인. 다다이즘 운동에 참여

하며 초현실주의의 대표적 시인으로 활약했으며 '시인은 영감을 받는 자가 아니라 영감을 주는 자'라고 생각했다. 작품으로는 「고통의 도시」가 있으며 시 「자유」는 프랑스 저항시의 백미로 알려져 있다.

무로우 사이세이 ___ 1889~1962. 일본의 시인이자 소설가. 시집 『서정 소곡집』으로 일본 시단에서 확고한 위치를 굳혔다. 소설집으로 『성에 눈뜰 때』『결혼자의 수기』 등이 있고, 시집으로 『시골의 꽃』『망춘시집』『고려의 꽃』 등이 있다.

엘리자베스 브라우닝 ___ 1806~1861. 영국의 더럼 근교 출생으로 8세 때 그리스어로 『호메로스』를 읽은 재원이었으나 병약하고 고독하였다. 39세 때 연하의 시인 R.브라우닝과 결혼했는데, 그 이전부터 몇 권의 시집을 냈다. 「포르투갈인으로부터의 소네트」는 역시(譯詩)를 가장하여 남편인 R.브라우닝에 대한 애정을 솔직하게 노래한 작품이다. 장편서사시 「오로라 리」는 사회문제와 여성 문제를, 「캐서귀디의 창」은 이탈리아 독립에 대한 동정을 노래한 시이다. 결혼 후에는 평생을 피렌체에서 보냈다.

서효인 ___ 1981~. 2006년 《시인세계》 신인상에 당선되어 등단했다. 전남대학교 국어국문학과와 동 대학원 석사과정을 졸업했다. 2011년 제30회 「김수영문학상」을 수상했다. 현재 작란(作亂) 동인으로 활동 중이다. 그의 시집으로는 『소년 파르티잔 행동 지침』『백 년동안의 세계대전』이 있다.

루이스 로살레스 ___ 1910~1992. 스페인 그라나다 대학교에서 철학, 문학 공부를 했고 1935년에 대학 친구와의 사랑을 담은 첫 번째 시집 『4월』을 출간했다. 스페인어의 통일성을 위해 연구를 계속하면서 스페인 고전 작품이 가진 가치를 사람들에게 널리 알렸다. 1982년에 세르반테스 문학상을 수상했다.

한용운 ____ 1879~1944. 서당에서 한학을 배우다가 동학농민운동에 가담했으나 실패하자 인제의 백담사에 가서 스님이 되었다. 1919년 3·1운동 때 민족대표 33인의 한 사람으로서 독립선언서에 서명한 뒤 체포되어 3년형을 선고받고 복역했다. 1926년 시집 『님의 침묵』을 출판하여 저항문학에 앞장섰다. 불교의 혁신을 위해 활발히 활동하면서도 문학 활동을 계속했다. 1973년에 『한용운전집』이 간행되었다.

생떽쥐페리 ____ 1900~1944. 프랑스에서 태어났다. 공군에 입대하여 조종사 훈련을 받은 뒤, 제2차 세계대전 때 군용기 조종사로 일하다가 정찰비행 중 행방불명이 되었다. 작품으로는 『남방 우편기』『야간비행』『인간의 대지』 등이 있는데, 특히 제2차 세계대전 중 미국에서 발표한 『어린 왕자』로 유명해졌다. 이 작품은 작가가 직접 그린 아름다운 삽화와 인간관계에 대한 깊은 성찰을 담고 있다.

정안면 ____ 1955~. 전남 광주에서 태어나 1985년 문학무크 〈민의〉 3집에 시 「찔레꽃 하얀 꽃잎」 외 5편을 발표하며 작품 활동을 시작했다. 시집으로 『찔레꽃 하얀 꽃잎』『사랑을 찾아서』『지상의 그리움 하나』『꽃눈이 그대 어깨 위에 내려앉아』가 있다.

로레인 핸즈베리 ____ 1930~1965. 미국의 극작가로 흑인 가정을 감동적으로 그린 「햇볕 속의 건포도」로 '뉴욕극평가상'을 받았다.

칼릴 지브란 ____ 1883~1931. 레바논의 시인이자 철학자이면서 화

가. 1883년 레바논의 베차리에서 태어나 12세가 되던 해 가족과 함께 미국 보스턴으로 이주했다. 2년 후 홀로 레바논으로 돌아와 마드라사 트-알-히크마에서 수학했고 졸업 후에는 아버지를 따라 전국을 여행하면서 그림을 그렸다. 그는 '예언자 지브란'이라 불려질 만큼 영적가르침으로 충만한 책들을 집필하였다. 『모래 · 거품』『방랑자』『부러진 날개』등의 책을 펴냈다.

에드나 밀레이 —— 1892~1950. 미국의 여성 시인. 바사 대학 시절부터 시를 쓰고 극작도 했다. 17세에 쓴 첫 시 「르네상스」로 주목을 받았다. 1917년 25세에 첫 시집 『부활』을 발표한 이래 1940년까지 많은 시집을 냈다. 사후 1954년에 마지막 시집 『나이 수확』이 출간되었다. 자연과 생명에의 사랑을 솔직하게 시로 엮어 많은 애독자를 얻었으며, 몇 편의 희곡도 남겼다.

기형도 —— 1960~1989. 연세대 정치외교학과를 졸업하고 『중앙일보』 정치부와 문화부 기자를 역임했다. 1989년 3월 7일 서울 종로3가의 한 극장에서 뇌졸중으로 사망한 채로 발견되었다. 유고 시집 『입 속의 검은 잎』이 있으며, 이후 수필집 『짧은 여행의 기록』『기형도 전집』등이 간행되었다. 그의 시는 어두운 세계관과 비의적인 언어를 통해 일상에 대한 환멸과 청년기의 절망, 고통을 그려 내는 것이 특징이다.

기욤 아폴리네르 —— 1880~1918. 프랑스의 시인이자 소설가. 그는 입체파, 초현실파, 다다이스트, 미래파 등의 정신을 구현해 내는 대담한 시도들을 보여 주었다. 주요 저서로는 『썩어가는 요술사』『동물시집』등이 있으며, 평론 「입체파 화가」「신정신」은 모더니즘 예술의 발족에 큰 영향을 주기도 했다.

김성규 ___ 1977~. 2004년 동아일보 신춘문예에 「독산동 반지하동굴 유적지」가 당선되어 등단했다. 2014년 제32회 신동엽문학상과 제4회 김구용 시문학상을 수상했다. 시집으로 『너는 잘못 날아왔다』 『천국은 언제쯤 망가진 자들을 수거해가나』 등이 있다.

비슬라바 쉼보르스카 ___ 1923~. 폴란드에서 태어나 문학과 사회학을 공부했다. 졸업 후 이라는 잡지의 편집부에서 일하면서 본격적으로 시 창작에 몰두하기 시작했다. 1945년 시 「나는 단어를 찾는다」로 데뷔한 후, 순수문학을 써 왔다. 그러나 폴란드에 공산정권이 들어서면서 문학인에게 사회주의 리얼리즘 원칙이 암묵적으로 강요되자 절필하기도 했다. 자신의 체험을 바탕으로 제2차 세계대전의 역사적 회상을 형상화함으로써 폴란드의 나이 든 세대는 물론 젊은이들 사이에서도 큰 공감을 얻고 있다. 1996년 노벨 문학상을 수상했다.

이승훈 ___ 1942~. 1962년 『현대문학』에 작품 「낮」 「바다」 등이 추천되면서 문단에 등단하였으며, 『현대시』 동인으로 활동하였다. 시집 『사물 A』 『환상의 다리』 『』 『당신의 방』 『너라는 환상』 『밝은 방』 등을 간행하였다. 또한 『시론』 『문학과 시간』 『이상시 연구』 『한국현대시론사』 『해체시론』 등의 평론집을 내기도 했다.

김일영 ___ 1969~. 2003년 한국일보 신춘문예 시 부문에 「빼비꽃이 아주 피기 전에」가 당선되어 등단했다. 저서로는 『별에서 온 바위』가 있다.

신현림 ___ 1961~. 시인이자 사진작가. 신선하고 파격적인 상상력,

특이한 매혹의 시와 사진으로 장르의 경계를 넘나드는 전방위작가다. 시집으로는『지루한 세상에 불타는 구두를 던져라』와『세기말 블루스』『해질녘에 아픈 사람』등이 있다.

두보 ___ 712~770. 당나라 시대의 현실주의 시인. 중국 최고의 시성이라고도 불리며, 인간의 심리와 자연의 섭리에 대한 시를 지었다. 작품 대부분이 극악무도하게 사치와 낭비를 일삼는 권문귀족을 문제 삼고 평민들이 받는 박해에 대해 침통해하는 등의 주제의식을 담고 있다. 주요 작품에는『북정』『추흥』등이 있다.

알렉산드르 블로크 ___ 1880~1921. 러시아 상징주의 대표 시인. 그의 시는 낭만주의 시대의 시인들과 유사한 일정한 분위기를 갖고 있어, 독특하다는 평을 받는다. 주요 작품으로는『서정극』『조국』『보복』『열둘』등이 있다.

수전 폴리스 슈츠 ___ 뉴욕에서 태어났다. 프린스턴 대학 재학 당시, 후에 남편이 된 스티븐 슈츠를 만나 함께 반전운동에 참여했다. 뉴욕 할렘가 초등학교에서 아이들을 가르치며 신문과 잡지에 시와 산문을 기고하고 있다.『내가 얼마나 당신을 사랑하는지 당신은 알지 못합니다』『사랑을 두려워하지 마세요』『아기에게 보내는 사랑』『사랑해요, 어머니』등의 책을 펴냈다.

라빈드라나트 타고르 ___ 1861~1941. 인도의 시인이자 극작가이자 사상가. 그의 초기 작품들은 유미적이었으나 1891년 아버지의 명령으로 농촌의 소유지를 관리하면서 가난한 농민들의 생활을 접하게 되었고 이를 계기로 농촌 개혁에 뜻을 둠과 동시에, 작품에도 현실성을 더하게 되었다. 그러나 아내와 딸의 죽음을 겪으면서 그의 작품은 종교적인 색채를 띠게 되었는데, 1909년에 출판한 시집『기탄잘리』로 1913년 아시아인으로는 최초로 노벨 문학상을 받았다. 그가 작사한「자나 가나 마나」는 인도의 국가가 되었다.

김정환 _____ 1954~. 민중들의 고통과 좌절, 그리고 희망을 실감 나게 형상화한 시들을 주로 발표했다. 민중문학에 대한 그의 관심은 단순히 창작 활동에 그치지 않고 문예운동조직인 자유실천문인협의회에 대한 적극적인 참여로 나타나기도 했다. 시집으로『지울 수 없는 노래』『황색 예수전』『겨울 소나무』『해가 뜨다』『드러남과 드러냄』등이 있다.

칼리다사 _____ 4~5세기에 걸쳐 활약한 인도의 시인이자 극작가. 인도 문학사상 최고의 작가로 인도의 셰익스피어라 일컬어진다. 위대한 방랑객으로 유명한 그는 서정시「메가두타」에서 인도 전역의 자연과 문화, 풍습 등을 생생하고 정확하게 묘사하고 있다. 뛰어난 관찰력과 사물에 대한 절묘한 묘사, 자연을 대하는 따뜻한 눈은 자연과 인간, 인간과 신의 따뜻한 교감을 불러일으켜 시를 살아 숨쉬게 한다.

헤르만 헤세 _____ 1877~1962. 엄격한 그리스도교 집안에서 태어나신 학교를 중퇴했다. 독학으로 문학에 열중, 1899년 처녀 시집『낭만적인 노래』와 산문집『자정 이후의 한 시간』을 발표하여 라이너 마리아 릴케에게 인정받았다. 작품으로는 서정적인 3개의 단편으로 이루어진『크눌프』와 동서양의 세계관과 종교관을 자기 체험 속에 융화시킨 작품『싯다르타』를 비롯하여『수레바퀴 밑에서』『나르치스와 골드문트』등이 있으며, 1946년에는『유리알 유희』로 노벨 문학상을 받았다.

사디 _____ 1209~1291. 페르시아의 시인. 이슬람의 화석화된 신앙을 생동하는 삶의 신앙으로 바꾸려는 수피즘의 영향을 받아 거의 전 생애 동안 광활한 이슬람 지역을 떠돌며 온갖 시험과 고난을 겪었다. 탁발승으로 열네 번의 메카 순례를 마친 그는 70세가 되어 고향으로 돌아온 후, 맨발의 성찰을 통해 얻어 낸 삶의 지혜를『장미의 낙원』에 담아냈다. 주옥같은 명작이라 일컬어지는『과수원』과『굴리스탄』으로 명성이 높았던 그는 말년에 지방 군주의 후대를 받았음에도 은둔하였다고 한다.

존 켄드릭 뱅스 _____ 1862~1922. 미국 근대 문학계를 대표하는 저명한 에디터이자 논설가, 환상문학가, 유머 작가였다. 특히 풍자와 해학이 가득한 초자연적 허구에 대한 애착이 커서 그의 작품 대부분은 희극적인 색채가 강하고, 사후 세계를 배경으로 하고 있다. 이러한 뱅스특유의 성향은 곧 하나의 장르로 인정받게 되었고 통칭 '뱅시안 판타지'로 불리게 된다. 대표작『스틱스 강의 하우스보트』연작을 비롯해서『워터 고스트』『올림피아 나이츠』『부주의나라의 앨리스』등을 남겼다.

김소월 _____ 1902~1934. 한국 서정시의 기념비적 작품인『진달래꽃』으로 널리 알려진 시인이다. 한국의 전통적인 한을 노래한 시인이라고 평가받으며 짙은 향토성을 전통적인 서정으로 노래하여 오늘날까지 많은 사랑을 받고 있다.「금잔디」「엄마야 누나야」「산유화」외 많은 명시를 남겼다.

요한 괴테 _____ 1749~1832. 독일의 시인이자 정치가, 과학자. 독일 고전주의의 대표자로서 세계적인 문학가이며 자연연구가이다. 바이마르 공국의 재상으로도 일하면서 정치적으로 활발히 활동하였고, 지질학·광물학 등 자연과학 분야의 연구에도 몰두했다. 젊은 시절 마을 목사의 딸 프리데리케 브리온과 사랑에 빠져 약혼까지 하였으나파기한 경험이 그의 시의 주제가 되었다. 말년의 괴테는 유럽 문학의 최고 위치를 차지하고 있었고, '세계문학'의 관점에서 각 국민문학과의 교류를 꾀하고 젊은 세대들이 시야를 넓혀야 함을 주장했다. 『빌헬름 마이스터의 편력시』와 『파우스트』가 그의 최고 걸작으로 일컬어진다.

4부. 꿈

에이브러햄 링컨 ____ 1809~1865. 미국의 제16대 대통령(재임 1861~1865)이다. 가난한 농민의 아들로 태어나 어렸을 때부터 노동을 했기 때문에 학교 교육을 거의 받지 않았다. 독학으로 변호사가 되었으며 노예제도 반대를 표방하여 미국의 대통령이 되었다. 남북전쟁에서 북군을 지도하여 점진적인 노예해방을 이루었고 대통령에 재선되었으나 이듬해 암살당하였다. 게티즈버그에서 한 연설 중 '국민에 의한, 국민을 위한, 국민의 정부'라는 불멸의 말을 남겼다.

메리 올리버 ____ 1935~2019. 미국의 시인. 오하이오 출생으로 14살 때부터 시를 쓰기 시작하여, 1963년에 첫 시집 『항해는 없다 외』를 발표했다. 1984년 『미국의 원시』로 퓰리처상을, 1992년 『새 시선집』으로 전미도서상을 받았다. 메리 올리버의 시들은 자연과의 교감이 주는 경이와 기쁨을 단순하고 빛나는 언어로 노래한다는 평을 받고 있다.

이시영 ____ 1949~. 1969년 『중앙일보』 신춘문예에 시조 「수」가 당선되었으며, 같은 해 『월간문학』 신인상에 시 「채탄」 외 1편이 당선되어 문단에 등단하였다. 그는 사회 현실에 관심을 가지고 현실을 바꿔 나가기 위해 자유실천문인협의회와 민족문학작가회의 등에서 활발히 활동하였다. 1976년 첫 시집『만월』을 낸 이후,『바람 속으로』『이슬 맺힌 사랑 노래』『사이』『은빛 호각』『바다 호수』『우리의 죽은 자들을 위해』등을 간행하였다.

조르주 상드 _____ 1804~1876. 프랑스의 여성 소설가. 신문소설『앵디아나』로 일약 유명세를 타면서 남장 차림의 여인으로 문필 활동을 시작했다. 그녀의 자유분방한 생활은 사람들의 이목을 집중시켰는데, 특히 시인 뮈세와 음악가 쇼팽과의 모성적인 연애 사건은 너무나도 유명하다. 작품으로는『콩쉬엘로』『마의 늪』『사랑의 요정』등이 있다. 최근 들어서는 여성 해방운동의 투사로 재평가되고 있다.

하우게 _____ 1908~1994. 노르웨이 울빅에서 태어나 평생을 그곳에서 살았다. 원예학교에서 공부한 후 정원사로 일했으며, 거의 독학으로 배운 언어들을 통해 시들을 읽고 번역했다. 그의 시는 20여 언어로 번역되었다. 고향에 하우게 센터가 있다.

김승희 _____ 1952~. 1973년『경향신문』신춘문예에 시「그림 속의 물」이 당선되어 시단에 등단하였다. 시집『태양미사』『달걀속의 생』『세상에서 가장 무거운 싸움』『빗자루를 타고 달리는 웃음』『달걀 속의 생』『그렇게 사랑하고 그래서 행복합니다』등을 간행하였다. 한편 석·박사논문에서 모두 이상을 연구하고, 이상 평전『13인의 아해가 위험하오』를 쓰기도 했다.

카를 부세 _____ 1872~1918. 폴란드에서 태어난 독일 시인. 신선한 감각과 간결한 시어로 씌어진 시집『신성한 고난』과 단편집『폴라레보의 학생들』등이 있다.

맹자 ____ 기원전 372~289. 이름은 맹가이고 자는 자여 또는 자거라고 하지만 확실한 것은 아니다. 전국시대에 지금의 산동성 부근의 소국 추나라에서 태어났으며 15세 무렵 노나라로 유학을 떠나 공자의 학문을 익혔다. 전국시대에 배출된 제자백가의 한 사람으로 기원전 320년경부터 약 15년 동안 각국을 유세하고 돌아다녔으나, 지나치게 이상적이라는 이유로 자신의 주장이 채택되지 않자 고향에 은거하면서 제자 교육에 전념하였다. 『맹자』 7편은 맹자의 말을 모은 후세의 편찬물이지만, 내용은 맹자의 사상을 그대로 담은 것이라 한다.

루쉰 ____ 1881~1936. 중국의 문학가이자 사상가. 본명은 저우수런이다. 지주 집안에서 태어났으나 잇단 불행으로 어려서부터 고생스러운 삶을 살았다. 일본 유학 중에 문학의 중요성을 통감하고 귀국 후에는 교편을 잡았다가 1918년에 문화혁명을 계기로「광인일기」를 발표하여 가족 제도의 폐해를 폭로하였다. 이후, 반제 반봉건의 문학 운동을 전개하면서 당국의 박해를 피하기 위해 100개 이상의 필명을 사용했는데 '루쉰'도 그 가운데 하나다. 저서로는 『아Q정전』『광인일기』『투창과 비수』『아침꽃을 저녁에 줍다』 등이 있다.

카비르 ____ 1440~1518. 15세기 인도의 신비주의 시인. 세계에서 가장 위대한 시인 중 한 사람으로 꼽힌다. 인도 베나레스에서 베틀 짜던 직공으로 정식 교육을 받아본 적이 없는 그는 단 한 줄의 시도 손수 쓰지 않았고 그가 남긴 영혼의 말들은 제자들에 의해 전해졌다. 그의 시는 훗날 타고르에게까지 큰 영향을 미쳤다. '동방의 예수'라고 일컬어지는 카비르는 힌두교, 시크교, 무슬림에 이르기까지 중요한 영적 스승의 역할을 하였다.

롱펠로 ____ 1807~1882. 미국의 시인. 13세에 최초의 시「라벨 연못

의 싸움」을 발표했다. 하버드 대학 근대어학 교수가 되어, 프랑스어와
에스파냐어를 강의했다. 한편 독일 낭만주의 서정시의 영향을 받아,
시집『밤의 소리』『발라드 기타 시』등을 냈다.

아르튀르 랭보 ___ 1845~1891 . 프랑스의 시인. 시골 소도시 샤를빌
에서 태어나 홀어머니 밑에서 유년기를 보냈다. 열다섯 살부터 본격
적으로 문학에 몰두하며 부르주아사회의 불의와 종교의 위선을 규탄
하는 시를 썼다. 자신의 작품을 여러 시인에게 보내던 중 1871년 베를
렌의 도움을 받아 일약 주목을 받는다. 1873년『지옥에서 보낸 한 철』
을 발표한다. 이후 문학판의 아웃사이더였던 그는 유럽과 아프리카
등지에서 무역상 일을 하다가 1891년에 37세의 나이에 사망하였다.

황인숙 ___ 1958~. 1984년 경향신문 신춘문예에 시 '나는 고양이로
태어나리라'가 당선되면서 시단에 데뷔했다. 시집으로『새는 하늘을
자유롭게 풀어놓고』『슬픔이 나를 깨운다』『우리는 철새처럼 만났
다』『나의 침울한, 소중한 이여』『목소리의 무늬』『그 골목이 품고 있
는 것들』『나 어렸을 적에』『나는 고독하다』『육체는 슬퍼라』『인숙만
필』『일일일락』『이제 다시 그 마음들을』등이 있다. 1999년 동서문
학상을, 2004년 김수영문학상을 수상하였다.

성 프란체스코 ___ 1182~1226. 중부 이탈리아 아시시의 부유한 포목
상의 아들로 태어난 성 프란체스코는 원래 무모하고 방탕한 성격이
었으나 오랜 기간 중병을 앓으면서 자신의 경박했던 지난날을 깨닫
고 헌신과 사랑의 길을 걷는다. 짧은 생이었지만 모든 것을 버리고 극
도의 청빈과 겸손으로 병들고 가난한 이들을 돌본 성 프란체스코는
기적을 일으킨 성자로도 유명하며 그의 가르침은 프란체스코회(작은
형제회)에 의해 계승되고 있다.

체리 카터 스코트 ____ 미국 출신의 작가이자 상담사, 강사로 1974년부터 카운슬러로 활동해 오고 있다. 『인생이 하나의 놀이라면, 이것이 그 규칙이다』라는 책을 써 세계적인 베스트셀러 작가가 되었다.

에이브러햄 카울리 ____ 1618~1667. 영국의 시인이자 수필가. 10세의 어린 나이에 서사 낭만시 「피라머스와 시즈비」를, 12세에 서사시 「콘스탄티아와 필레투스」를 썼다. 1633년 시집 『시화』를 냈으며, 1641년에 내란이 일어나자 왕당을 지지했다는 이유로 영국을 떠나 파리에서 십여 년간 체재했다. 1655년에 귀국하여 의학을 연구했으나 왕정 복고 이후 기대했던 만큼 중용되지 못하자 독서와 식물학 연구로 세월을 보냈다. 연애시집 『애인』과 장편 서사시 「다비드의 노래」 등이 유명하며, 수필집으로 낙천적인 은둔 생활의 기쁨을 드러낸 『고독에 대하여』가 있다.

잘랄루딘 루미 ____ 1207~1273. 아프가니스탄 발흐에서 태어난 이란의 시인으로 페르시아 문학의 신비파를 대표한다. 바그다드와 메카를 거쳐 소아시아의 코니아에 이주했으며, 1244년에 방랑자였던 노스승 샴스 우딘에게 사사했고, 시를 쓰며 신비주의에 몰두하였다. 시집으로 『타브리즈의 태양 시집』과 『정신적인 마트나비』가 있으며 그 밖에 편지와 설교를 모아 엮은 문집도 있다.

바이런 ____ 1788~1824. 영국의 낭만파 시인. 1823년 그리스 독립군을 도우러 갔다가 말라리아에 걸려 사망하기까지 『게으른 나날』 『카인』 『사르다나팔루스』 『코린트의 포위』 등의 저서를 발표하였고, 비통한 서정과 날카로운 풍자가 돋보였던 그의 시들은 전 유럽을 풍미했다.

5부. 청춘

하우스먼 ___ 1859~1936. 영국의 시인, 고전학자. 옥스퍼드 대학교를 마치고 1882년 특허국의 관리가 되었으며, 시집 『슈롭셔의 젊은이』 『최종 시집』 등을 통해 도합 150여 편의 고전미 넘치는 서정시를 발표하였다.

사무엘 울만 ___ 1840년 독일 슈투트가르트에서 출생하여 유년 시절에 미국으로 이주했으며 교회 봉사 · 사회 봉사 · 교육 사업 등에서 많은 업적을 남겼다. 1901년 교육 기회가 없는 흑인 자녀들을 위해 울만 스쿨을 세우는 등 많은 사람들에게 선행을 베풀었는데, 정의에 대한 신봉과 평화에 대한 그의 사랑은 사람들의 본보기가 되었다. 1920년, 80세 생일을 기념하여 시집 『청춘』을 출판했다.

윤동주 ___ 1917~1945. 북간도에서 태어나 1941년 연희전문학교를 졸업하고 1942년 일본의 리쿄대학에 입학했다가, 가을에 도시샤대학 영문과로 전학했다. 1943년에 귀국하다가 독립운동 혐의로 일본 경찰에 체포되어 2년형을 선고받고 후쿠오카 형무소에서 복역하다 옥사했다. 1948년 그의 유고를 모아 시집 『하늘과 바람과 별과 시』를 발간하면서 문단에 알려지기 시작하였고, 현재까지 알려진 바에 의하면 시 76편, 동시 35편, 수필 5편 등 총 116편의 작품을 남겼다. 그의 초기 작품에는 어둡고 비관적인 현실 속에서 양심적인 삶을 살지 못하는 '부끄러움'이 주로 그려지고 있다. 그러나 점차 민족적인 현실에 대한 인식과 자아 성찰을 자전적인 체험을 바탕으로 그려 내는 변화를 보여준다.

비센테 알레익산드레 ___ 1898~1984. 스페인의 시인. 철도 기관사의 아들이었던 알레익산드레는 1925년 중병으로 요양하던 중 최초로 시를 썼으며 1949년에는 스페인 왕립 아카데미 회원으로 선출되었다. 시집으로 스페인의 전통적인 서정시와 초현실주의를 결합시킨『파괴 또는 사랑』과 인간과 우주의 동일성이라는 주제를 탐구한『낙원의 그늘』『마음의 역사』등이 있으며, 1977년에 노벨 문학상을 받았다.

찰스 스펄전 ___ 1834~1892. 설교의 왕자라 불리는 영국의 목회자이다. 그는 평생 뉴 파크 스트리트 교회와 메트로폴리탄 타버너클 교회에서 목회자로 활동하면서 3,600편의 설교와 49권의 저서를 남겼다.

피테르 드노프 ___ 1864~1944. 불가리아의 철학자로 미국에서 의학과 신학을 공부했다. 문화, 윤리, 심리학, 의학, 음악 등을 정신적인 측면에서 접근했으며 불가리아의 정신문화에 큰 영향을 주었다. 드노프의 새로운 사상은 불가리아를 넘어 세계적인 관심을 끌게 되었다.

베로니카 A. 쇼프스톨 ___ 미국의 시인으로 인터넷을 통해 발표한 시집『거울』이 인기를 끌어 유명해졌다.

노자 ___ 춘추시대 말기에 초나라의 고현에서 태어나, 주나라 왕실의 수장실사, 도서 관리인을 지냈다. 기원전 479년에 죽은 공자보다 백년 정도 후의 인물이라는 설과, 가공의 인물이라는 두 가지 설이 있는데 양쪽 다 가설일 뿐이다. 저서로는『노자』2편이 있는데 '도덕경'이라고도 불린다. 상편이 '도'자로 시작되므로 도경, 하편이 '덕'자로 시작되므로 덕경으로 '도덕경'은 이들을 합친 명칭이나, 유교의 도덕과는 달리 우주 인생의 근원과 그 활동을 나타내는 말이다. 간결하면서도 의표를 찌르는 역설적인 말이 특색이다.

어니 J. 젤린스키 ___ 현대인들이 행복하고 창조적인 삶을 살기 위해 고민하는 노후, 은퇴, 여가, 직업 생활 등의 분야에 대해 글을 쓰고 강의하고 있는 전업 작가이다. 그는 하루에 서너 시간만 일하면서 여가와 일의 조화 아래 인생을 풍요롭게 사는 법을 알려 주고 있다. 그의 책『일하지 않고 사는 즐거움』은 전 세계 15개국에서 출판되었으며, 그 외에도『느리게 사는 즐거움』등 다수의 책을 썼다.

척 로퍼 ___ 미국의 작가이자 출판인으로 알코올 중독 치료에 관한 전문 서적을 주로 펴내고 있다.

장 가뱅 ___ 1904~1976. 프랑스 영화의 황금기였던 1930년대부터 활발히 활동한 영화배우. 어렸을 때부터 도배공, 점원, 신문팔이 등 다양한 일을 하면서 고생했고, 배우가 되어서도 이런 시절을 잊지 않아 대중들에게 큰 존경과 사랑을 받았다. 프랑스 독립영화를 대표하는 장피에르 멜빌 감독은 1950~60년대의 장 가뱅에 대해 "자연의 힘, 존재의 무게, 위대한 배우. 우리에게 있어서 유일한 미국 배우"라고 칭한 바 있다. 장년의 나이에 음반을 취입하여 큰 성공을 거두기도 했다.

장 루슬로 ___ 1913년 프랑스 남부에서 태어난 시인이자 소설가. 아카데미 프랑세즈와 라 빌 드 파리에서 수여하는 문학 부문 대상을 받았고, 시집『존재의 힘』『존재함을 잊지 않기 위해』소설『피의 꽃』등을 발표했다.

김남조 ___ 1927~. 마산고교, 이화여고에서 교편을 잡았고 1954년부터는 숙명여대 교수를 역임하였다. 그는 정열을 표출하는 것보다는 기독교적 바탕에서 절제와 인고를 배우며 자아를 성찰하는 시 세계를 보여 준다. 시집『정념의 기』『김남조 시집』『평안을 위하여』

『영혼과 가슴』『귀중한 오늘』 등의 시집을 간행한 김남조는 비교적 다작하는 시인으로 평가받고 있다.

강은교 ____ 1945~. 함남 홍원에서 태어났으나 서울에서 성장했다. 강은교의 시는 존재의 의미를 묻던 초기 경향에서 점차 현실적인 시 각으로 시대와 역사의 문제를 탐구하는 것으로 변화했다. 시집『허무 집』『풀잎』『우리가 물이 되어』『슬픈 노래』『단지 그대가 여자라는 이유만으로』『하나보다 더 좋은 백의 얼굴이어라』『어느 별에서의 하 루』『초록 거미의 사랑』 등을 간행하였다.

라이너 마리아 릴케 ____ 1875~1926. 독일의 시인. 1902년 8월 조각가 로댕의 비서가 되어 한 집에 기거하면서 로댕 예술의 진수를 접하게 된 것이 그의 예술에 커다란 영향을 주었다. 제1차 세계대전 후 스위 스로 갔다가 그곳에 머물렀고, 만년에는 뮈조트의 성관에서 고독한 생활을 했다. 『두이노의 비가』『오르페우스에게 부치는 소네트』 같은 대작이 여기에서 만들어졌다.

울리히 샤퍼 ____ 1942~. 자유문필가 겸 사진작가. 북부 독일에서 태 어나 1953년부터 캐나다에 거주하고 있다. 밴쿠버 시의 한 대학에서 유럽 문학을 가르쳤으며, 자신의 체험을 바탕으로 사람들의 마음을 뒤흔드는 문제들을 섬세하게 다루었다.

나딘 스테어 ____ 미국 켄터키 주에 살고 있으며, 85세가 되던 해에 시 를 썼다. 1993년『영혼을 위한 닭고기 수프』에 소개되면서 세상에 알 려졌다. 전 하버드대학 심리학 교수이자 뉴에이지의 대표적 작가인 람 다스는, 『Still Here』에서 '항상 지니고 다니는 글'로 그녀의 시를 인용하고 있다.

딸아,
외로울 때는
시를 읽으렴

초판 1쇄 발행 2018년 3월 21일
11쇄 발행 2024년 1월 2일

엮은이 신현림

발행인 이재진   **단행본사업본부장** 신동해
마케팅 최혜진 이은미   **홍보** 반여진 허지호 정지연 송임선
제작 정석훈

디자인 문성미
일러스트 이사라

주소 경기도 파주시 회동길 20
문의전화 031-956-7208(편집) 02-3670-1123(영업)
홈페이지 www.wjbooks.co.kr
인스타그램 www.instagram.com/woongjin_readers
페이스북 www.facebook.com/woongjinreaders
블로그 blog.naver.com/wj_booking

발행처 ㈜웅진씽크빅
브랜드 걷는나무
출판신고 1980년 3월 29일 제406-2007-000046호

ⓒ 신현림 2018 (저작권자와 맺은 특약에 따라 검인을 생략합니다.)
ISBN 978-89-01-22277-6 (03810)